读客悬疑文库

认准读客读悬疑,本本都是大师级。

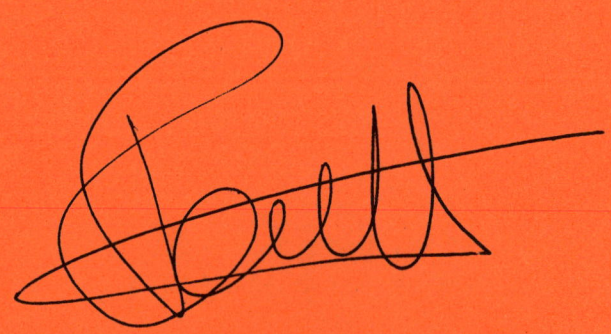

PAUL HALTER

海妖的诅咒

[法]保罗·霍尔特 著
李湘容 译

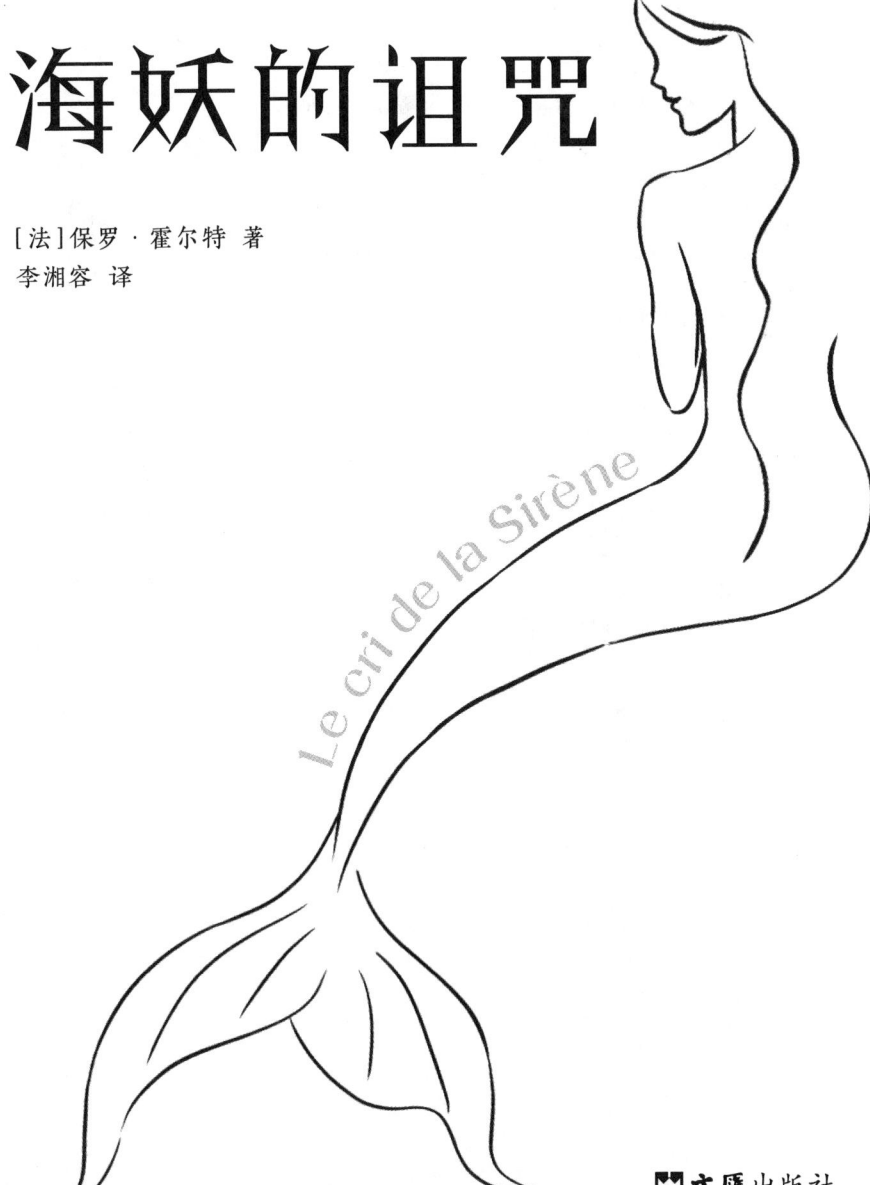

文匯出版社

图书在版编目（CIP）数据

海妖的诅咒 /（法）保罗·霍尔特著；李湘容译. -- 上海：文汇出版社，2024.6
ISBN 978-7-5496-4255-7

Ⅰ. ①海⋯ Ⅱ. ①保⋯ ②李⋯ Ⅲ. ①推理小说—法国—现代 Ⅳ. ①I565.45

中国国家版本馆CIP数据核字(2024)第089389号

Le cri de la Sirène by PAUL HALTER
Copyright©PAUL HALTER 2014
Simplified Chinese language edition arranged with Shanghai Myscape Cultural Media Co., Ltd.
Simplified Chinese translation copyright ©2024 by Dook Media Group Limited.
All rights reserved.

中文版权 © 2024 读客文化股份有限公司
经授权，读客文化股份有限公司拥有本书的中文（简体）版权
著作权合同登记号：09-2024-0311

海妖的诅咒

作　　者　/	［法］保罗·霍尔特
译　　者　/	李湘容
责任编辑　/	徐曙蕾
特约编辑　/	刘　帆　　谢晴皓
封面设计　/	贾旻雯
出版发行　/	**文汇**出版社 上海市威海路 755 号 （邮政编码 200041）
经　　销　/	全国新华书店
印刷装订　/	三河市中晟雅豪印务有限公司
版　　次　/	2024 年 6 月第 1 版
印　　次　/	2024 年 6 月第 1 次印刷
开　　本　/	880mm×1230mm　　1/32
字　　数　/	168 千字
印　　张　/	8.75

ISBN 978-7-5496-4255-7
定　　价　/　45.00 元

侵权必究
装订质量问题，请致电010-87681002（免费更换，邮寄到付）

目录

序		003
第一章	无声的尖叫	008
第二章	粉色房间的秘密	017
第三章	长翅膀的生物	028
第四章	魔鬼出没	038
第五章	海妖的传说	046
第六章	身份问题	049
第七章	杰瑞米·贝尔的小测试	059
第八章	深渊的召唤	067
第九章	海妖的杀戮	079
第十章	牧羊女	090
第十一章	第二次测试	108
第十二章	碰碰岩	120
第十三章	海妖的尖叫	133

第十四章	真假难辨	139
第十五章	恶魔再次降临	148
第十六章	宙斯的诡计	160
第十七章	亮灯的窗户	168
第十八章	引狼入室	177
第十九章	"冰冻人"	183
第二十章	熟悉的声音	188
第二十一章	悲剧之旅	199
第二十二章	紧急解决方案！	212
第二十三章	阿兰·图威斯特的解释	224
第二十四章	"阿尔戈"号和"泰坦尼克"号	231
第二十五章	绵羊的故事	243
第二十六章	"世界上最有魅力的男人"	250
尾声		255

毫无疑问，献给海妖。

序

1897年冬

　　一个男人在狂风暴雪中艰难前行。他用宽大的袖角勉强护住一个大大的包袱,把它紧紧抱在怀里。山腰上的路越来越陡峭,厚实的白色雪地上,就连路径都难以辨认。若是竖起耳朵听,也许还能听到一些细小奇怪的叫声。然而,阵阵狂风吞噬了一切声响,将它们一齐卷到远处无垠的旷野上。这天晚上,康沃尔的旷野冰冷得像一个生日蛋糕。它展示出一幅典型的圣诞乡村图景,像极了印在明信片上的画面。

　　弗雷德·卡明斯走得大汗淋漓,内心焦虑不安,但他依然保持着镇定。毋庸置疑,今夜对他来说是个不同寻常的夜晚。弗雷德最近才来到这个地方安家,准备接替查尔斯医生的工作,成为这里的走诊医生。他刚来没多久,一直负责给查尔斯医生打打下手,但是这天晚上,医生被叫去紧急出诊了。作为一名经验不足的年轻医生,弗雷德只能独自面对病人这种棘手的状况。虽然他最后顺利地解决了一切，但是更为怪诞的事情还在后面——他被迫从病人手中接受了一个不同寻常的任务，尤其还是在这样的天气状况下。事情十分紧急，他无法拒绝。更何况在听到病人的请求时，他由于过于惊愕，无法思考反驳的理由。于是，弗雷德只能抱上包袱，出门迎击风雪。事不宜迟，他朝山坡上的尼尔森农场走去。

当风把"叫声"卷入这冬夜里冰冷而沉闷的寂静中时，他突然想到那是一个臭名昭著的农场。这更加重了他的焦虑，心里不禁产生诸多疑问。方才接到的任务是如此不同寻常，伊恩·尼尔森会如何接待自己呢？自己即将面对一个什么样的人呢？难道像他的名字所暗示的那样，是一个如维京[1]战士般的高大金发男子吗？弗雷德仔细一想，之前听到的传闻好像都是关于他的妻子。是妻子还是妻子的家人？他已经记不清了，只模糊地记得是关于一种叫声，一种可怕的、能置人于死地的叫声……

都是些道听途说！无稽之谈！弗雷德·卡明斯默默念道，试图宽慰自己。

然而，当瞥见路旁拐弯处那座庞大的花岗岩房子时，弗雷德还是禁不住打了个寒战。烟囱上方余烟袅袅，窗户往外透着光，房子里一副热火朝天的样子。

---

[1] 维京人别称北欧海盗，他们在战斗中异常狂热，凶猛强悍，从8世纪到11世纪一直侵扰欧洲沿海地区和英国岛屿，这一时期也被称为"维京时代"。——编者注（本书中注释若无特别说明，均为编者注）

犹豫了几秒之后,年轻医生还是朝门口走去。雪在他的脚下吱嘎作响。他抓住铁质门环,用力叩响了门,然后焦急地等待着。包袱依然被他抱在怀里。

来开门的是一个身材魁梧、体格健壮的男人,他清澈的眼神里没有透出任何敌意。要不是因为那一头稍显蓬乱的黑发,倒真可以说像个野蛮的维京人。但从那张饱经风霜的脸来看,他更像是一个打了败仗的战士,一副心神不宁的样子,完全不像一个胜利者。

"我想,您、您就是尼尔森先生吧?"卡明斯结结巴巴地说,"我是新来的医生,是来给您送这个的……"

男人慢慢接过包袱。刺耳的哭声从包袱里传出。

"您似乎是这个孩子的父亲。"卡明斯补充道。眼前的牧羊人表现得十分平静,这令卡明斯感到不解:"孩子刚刚出生。孩子的母亲对我说,您会负责的。她还让我把这个信封转交给您。"

新生儿的啼哭在这间宽敞简朴的乡间居所里引起愉悦的回响。卡明斯在房子里简陋的长椅上坐下,觉察到房子里有种奇怪的音效——他似乎听到了婴儿啼哭的回音。牧羊人一手抱着孩子,粗略地瞥了一眼信封中的东西,里面是厚厚的一沓钱。然而,看到这些钱,他并没有做出任何特别的反应。

伊恩·尼尔森满眼温柔地凝视着蜷缩在自己怀里的小不点。

"是个女孩。"卡明斯急切地解释道。

"这是今天晚上的第二个了……"

"什么?"

"没错,这是我的第二个女儿,可我今天还是第一次当父亲。我的妻子刚给我生下一个漂亮的宝贝,就跟这个孩子一样,她们都有同样的黑色头发……她就在旁边的房间里,您的同事查尔斯医生正在照料她……"

牧羊人用下巴指了指半掩的卧室门。卡明斯转过身去,马上意识到那啼哭的回音并不是因为房子的奇怪音效,而是因为另一个婴儿也在放声大哭!

"真是可喜可贺啊!"卡明斯含糊不清地说,"这么说是对双胞胎了……只不过是假双胞胎……呃!我是说……"

此时,卧室门突然被打开,里面走出一位满脸皱纹的老妇人。

"母亲!快看他给我们送来了什么!"牧羊人苦笑着大声说道,"一个小妹妹……您知道的,我跟您说过……"

然而,牧羊人母亲的脸上完全挤不出一丝微笑。年迈的查尔斯医生也从卧室里走出来,表情同样凝重。他向伊恩·尼尔森重重地摇了摇头。

"孩子很健康,但是您的妻子……唉,我已经尽了全力……上帝带走了她的灵魂!"

日后,卡明斯医生可能很难再回想起这个诡异之夜的所有细节:牧羊人母亲年事已高,却不得不照顾两个年幼的孩子;她表现出一副听天由命的样子,也没有对"另一位母亲"提出任何问题；她的儿子悲痛欲绝，却又有种初为人父的骄傲；查尔斯医生聪慧得体地说了些安慰的话；还有那两个婴儿，她们被放在同一个摇篮里，哭得更加起劲了。确实，对卡明斯医生来说，这些悲情时刻过于模糊，他无法再翔实地描述。但是，他一定会记得牧羊人说的一句话。在连续喝了好几杯烧酒后，牧羊人卸下心防，当谈到逝去的妻子时，他说了这么一句话：

"也许，对孩子们来说……这样也好。因为我觉得，我的妻子已经疯了……"

第一章
无声的尖叫

1922 年 9 月

阿兰·图威斯特是在一个阴郁的傍晚来到莫顿伯里的。他一早就从伦敦出发,乘坐快车向西一路疾驰。他眼看着天上的阴云慢慢越积越多,风景也变得更加荒凉,丝绸般的草原上时不时出现一些花岗岩。这些奇怪的山脊令地形布满褶皱,看上去阴森可怕,就像一只感知到危险来临、身上的毛都竖了起来的猫似的。

在帕丁顿火车站上车的时候,阿兰·图威斯特走进车厢,下意识地往窗外看去。站台上方有一道长长的彩绘玻璃天棚,在玻璃棚透出的一线天空中,有朵孤零零的云吸引了他的注意力。列车开始晃动时,他依然目不转睛地盯着它,整段旅途都没有移开视线。

那朵云越积越大,然后又变得越来越阴暗。阿兰·图威斯特想,这是不是某种命运的暗示。一条未知的道路在他眼前徐徐展开,指引他走向早已注定的命运。不得不说,他已经四十岁了,却依然在寻找属于自己的道路。

他曾对哲学产生过浓厚的兴趣，前往牛津的莫德林学院求学并取得了博士学位。然后他便感到了一丝厌倦，幡然醒悟后，开始寻求新的方向，最终回到了自己最初的爱好：研究稀奇古怪的事和现象。从孩提时开始，他就热衷于神秘的传说和故事。所以，他选择了超自然科学和特异现象作为研究对象，甚至还写了几本专著。很快，他就成为这个领域的权威。但凡有令人惊异的事件发生时，人们总是乐于询问他的意见。此次他受邀来到英国这个偏远地区，也是基于这个原因。事情确实足够古怪，以至他毫不犹豫地动身了。

阿兰·图威斯特对康沃尔几乎没有任何了解。然而，他与其周边地区颇有些渊源。他出生在爱尔兰，在那里度过了他的童年，然后又在苏格兰住过几年。事实上，他认为这里是一个十分原始的偏远之地，蕴含着各种各样的传说、无法解释的现象和谣言。

穿过一片令人沉闷的、遍布荒野和欧石南[1]的高原，又沿着绿意盎然的山丘行驶了一段时间后，汽车开始在颠簸中缓缓下坡，驶向一条崎岖不平的道路。海岸线上宏伟的礁石风光完全展露在旅行者的眼中。莫顿伯里栖息在这片原始而崎岖的海岸高地上，人们可以在这里欣赏令人震撼的海浪。它们拍打在岸礁上，激起

---

1 杜鹃花科欧石南属的灌木类植物，多生长在开阔的荒野上。

千层浪花，泡沫在巨石间涌动，传来大海漫长而无声的诉说。这个小村庄处在高地略低之处。在高地上，一座高耸的庄园灰色轮廓掩映在一排松树后面。这是一座线条简洁的花岗岩建筑，显然被维护得很好。阿兰·图威斯特还发现，在庄园不远处有一座废弃的塔楼。接下来，坡度开始变陡，汽车变得更加颠簸，眼前的一切建筑都消失在岩石和松树的后面。

突然间意外发生。事情发生得如此迅速，以至于他只留下了一些模糊的记忆。当时，他正在回想庄园主人写给他的信——正是这位主人向他发起了求助，敞篷汽车突然急转弯，把他重重地甩到一边。有那么几秒钟，阿兰·图威斯特担心汽车会掉到沟里去，好在司机在最后一刻稳住了车身。就在片刻之前，他听到右边传来一声刺耳的尖叫。他看到一个女人迅速地从车道往后退，心想司机应该是在千钧一发之际避开了一个冒失的路人。但是，司机一阵骂骂咧咧，开始责怪这个女人是故意为之。

阿兰·图威斯特感到十分荒谬，他开始怀疑司机才是这起事故的罪魁祸首。他是不是握着方向盘在打盹儿，直到听到女人的尖叫声才醒过来？事情的具体经过到底是怎样？阿兰·图威斯特说不出来。他只看到了一个年轻姑娘的身形，她有着一头黑发，眼神清澈，衣着十分朴素，还听到了她尖锐的叫声。他甚至无法分辨，叫声是在汽车驶偏之前还是之后发出来的。当他转头去看时，女人已经消失在矮树丛中。他感到十分好奇，询问司机是否认识那个女人。

第一章　无声的尖叫

"我觉得，她应该就是住在山坡上的那个野丫头。"司机低声抱怨道，"我虽然不是这个村子里的人，但是我听说过她……听说她半疯半傻，还会像动物一样嚎叫……"

图威斯特陷入了沉思，没有做出任何评论。那个陌生女人的形象在他的脑海中挥之不去。不一会儿，车就停在了飞镖客栈前——他在这家客栈预订了一间房。

房间有些简朴，却不失舒适。二十分钟后，他坐在离客栈吧台不远的地方，品尝着泡沫充盈的啤酒，脸上的倦容已经一扫而光。有两个人正在吧台相伴，愉快地聊着天。其中一位应该接近六十岁了，身上的一切都透露出他的谨慎和低调：一身灰色的斜纹软呢西服，头发颜色已经开始变得斑驳，一张平凡的脸配上已经有些耷拉的眼皮，戴着一副银边眼镜。他应该是那个叫"弗雷德"的医生，旁边座位上的挎包很好地说明了这一点。尤其是他那人高马大的同伴，在几口健力士酒和雷鸣般的"向酒神致敬"的呼喊之间，不停地纠缠着他，大声说着"弗雷德医生！我亲爱的弗雷德！亲爱的医生！大夫先生"。与弗雷德相反，这人可不是什么低调做人的榜样，他身形如象，一副双下巴，留着土匪似的胡子，举止夸张。然而，他那搭在肩头的黑色披风、不断往上扶的夹鼻眼镜，以及他喧哗之间的玩笑话，却又显示出某种博学。他对烟的喜爱程度与啤酒不相上下，雪茄的烟灰不停地落在自己身上或飘散至身边人的身上。

一些客人在客栈的另一头下棋打牌，他们的邻桌则独自坐了一个三十多岁的男人。男人的身形有些肥硕，穿着一件藏蓝色西装，面色红润，只不过看似有些忧虑。粉红色的脑壳上，稀稀拉拉的头发被整齐地梳到一边。阿兰·图威斯特猜测他应该是个公务员，而且很有可能是从伦敦来的。他确实没有猜错，因为片刻之后，这个陌生人就友好地请他喝了杯酒，并证实了这一点。他叫阿奇博尔德·赫斯特，在伦敦总部的警察厅当警察，最近刚刚晋升为警官。

"不得不说，在我这个年纪，这已经是不俗的表现了。"他不无骄傲地补充道，"毕竟我是从最底层开始干起的。您知道吗？我很早就被迫出来工作了！我父亲离开的时候，我才十四岁……他是个箍桶匠。我们住在克勒肯维尔街区，日子过得十分艰难。家里有六口人，我的母亲不得不节衣缩食，艰难度日。我也做了一段时间的箍桶匠……然后我进警察局当了警察，并且重拾了学业。这对我来说可不是什么简单的事，但是最终，我还是成功做到了……"

"所以您完全当得起这次提拔！"

阿奇博尔德·赫斯特满意地点了点头，又故作谦虚地宣称："现在，一切成败都取决于我是否有能力完成这个任务了……"

"难道……"阿兰·图威斯特皱起眉头打听道，"您不是来执行公务的吗？"

警官变得一脸神秘："可以说是，也可以说不是……其实，我是来这里度假的。我有个表弟住在博德明。但是，我的上司——他其实是个什么都管的人，天知道他是怎么做到的——趁机让我帮个小忙。这是个古怪的案件，他想听听我的意见。您知道，我在这里也没有什么具体的事要做，所以很难拒绝。"

"您是不是得保密？"

"原则上来说，是的。"赫斯特敦厚地回答，"不过，您是破解离奇案件的专家，我可以为您破例。我觉得，我可以信任您……"

"您可以放心，我绝对保密。但是，我恐怕帮不上什么大忙。单纯的犯罪案件并不属于我的研究范围，我只研究神秘事件。"

"在您看来，'神秘事件'和'犯罪案件'毫无关联吗？"警官惊叹道，送到嘴边的啤酒杯被停在了半空中。

"现在的案件一般都很普通，百分之九十九的案件与神秘扯不上什么关系。这点您应该再清楚不过了。"

"我可没法儿像您这般确信。历史上总有些神秘的谋杀案，可谓是乱七八糟，令人毫无头绪，就连最出色的警探都束手无策，黯然神伤……"

"这不正好印证了我的话吗——大部分的案件都很普通！"

"也许吧……我倒希望您说的是对的，我本人也并不喜欢疑难杂案……"

"可是先生，有些人天生就是会吸引这种离奇的怪事！"

警官转身看向说话的人——那个身形彪悍的人正撑在吧台

上，一边微笑一边扶着他的夹鼻眼镜，看起来已经喝得半醉。

"噢！请原谅我，警官先生！我不应该偷听你们的谈话！但是葡萄仙子把你们的话传到了我的耳朵里。以酒神之名！"他恭敬地鞠了个躬，"杰瑞米·贝尔，为您效劳……"

说完这些，这位可敬的杰瑞米·贝尔便转身继续与他的同伴"弗雷德医生"谈话，并示意老板再次把酒杯倒满。

短暂的沉默之后，两位伦敦绅士又开始继续攀谈。阿奇博尔德·赫斯特突然变得有些焦虑，他精心梳好的头发此时也掉落在额前。

"真是奇怪，"阿兰·图威斯特说道，"我觉得他的这些话好像是针对您的……"

"没错，我也这么觉得。但是说这样的话是很愚蠢的，这就像瞥见不祥之鸟一样！就算是开玩笑也不行，谁都不知道将来会发生什么！这种话只会给人带来霉运，然后你就再也甩不掉它了！我的同事们都会这么告诉您……"

"要不我们再来谈谈'离奇案件'如何？"图威斯特提议道，"是难以解释的案件吗？"

"不，实际上，我觉得应该不是什么严重的事。之所以引起了我上司的好奇心，是因为这里先前也发生过类似的事。我是昨天来的，到现在已经打听到了不少事情。我刚刚询问了一个十二岁的小女孩，她说自己听到了一声尖叫，受到了不小的惊吓。她被吓得魂不附体，但现在已经恢复过来了。然而，她的证词实在是有些让人摸不着头脑。事情发生在上周，她正在村子边上散步，突然听到了一声尖叫。当时正是黄昏时分，她什么都没看清，只看到一个身影消失在黑暗中。她拔腿就跑，大哭着跑回了家。这就是整件事的所有细节。我也知道信息量很匮乏，也许是班上某位同学的恶作剧，想吓吓她罢了。总之，我是这么跟她的父母说的。"

警官又喝了一大口啤酒，红润的脸庞微微一皱，仿佛喝下了一杯苦酒。

"但还是有很多疑点。"他继续说道，"首先，那些人好像完全不相信我的解释，尽管我说的情况是完全有可能发生的。其次，比起尖叫本身，他们似乎更害怕听不到尖叫……"

"听不到尖叫？"

"对，听不到尖叫，或者说是那种'无声的尖叫'……我知道这很离谱，天知道怎么回事！那些人不愿意透露更多，我甚至感觉他们不怎么信任我。并且，我觉得这里的人对外地人都不怎么信任！总之，他们犹豫不决又不肯吐露心声，我只能套出这么多了。"阿奇博尔德·赫斯特又变得踌躇满志，"不过没关系，再过几天我一定能弄清楚，不然可真是见了鬼了！"

"'无声的尖叫'……"阿兰·图威斯特从外套口袋里掏出烟斗，仔细地重复道，"您方才说之前还发生过类似的事？"

"没错。据我的上司说，这里曾发生过几起暴力致死案件，都跟这尖叫有关。但是，您也不必多问了，他只跟我说了这么多。他想让我不受任何想法干扰，进行中立的调查，以便得出公正的结论。顺便问一句，您是怎么想的？"

"这个'无声的尖叫'确实令人费解。不过我们还没有足够的线索，无法做出更多判断……"

警官再次点了点头，然后开始偷偷观察起这位谈话对象。虽然阿兰·图威斯特比他年长十多岁，可看上去似乎比他更年轻。图威斯特的个子很高，身材瘦削，身穿一件皮外套，搭配一条高领羊毛套衫，看起来十分运动风。一头浓密的头发下，是一张冷静平和的脸，一双深邃的蓝色眼睛里透出一丝狡黠的光芒。观察了他片刻后，警官判定他是个热心肠，应该能为自己的调查提供些好建议，于是他询问阿兰·图威斯特旅程期间是否有空，可否抽出时间帮助他进行调查。

这位哲学博士停顿片刻，点燃了他的烟斗。

"我承认，您成功地引起了我的好奇心……帮助您，向您提供我微薄的建议，我本该为此感到荣幸。不幸的是，我也有要事在身。我明天要去赴杰森·马勒森先生的约，那位先生是村口那座庄园的主人。他拜托我的事，与这件事毫不相干——不过也十分诡异，其程度也许跟您说的事情不相上下。"

"啊！"警官虽有些不快，但又有些惊讶地感叹道，"是什么事？闹鬼的事吗？"

"正是。一个幽灵在他的阁楼里出没，还是个十分固执的幽灵。它现身以后，又突然消失在走廊里。"

第二章
粉色房间的秘密

从村子里出发去莫顿伯里的庄园,有一条可供车辆行驶的道路,但是车辆必须从主路一路行驶至村外的岔路口。若是步行,则简便得多,只需走过一条石子小路,穿过一排松树后便能直接到达,路程只有百来码[1]。

第二天,一个阴郁多风的午后,阿兰·图威斯特选择了步行。庄园处在一片高地的最高处,沿着西边的缓坡走便可到达村庄。离庄园北面大概三十码的地方,矗立着一座古老的圆形塔楼。奇怪的是,它被隔离开来,孤零零地立在悬崖边上。整片高地俯瞰着大海,下面就是令人眩晕的绝壁。天气不好的时候,在此处探险将是十分冒失的举动,潮湿而滑溜的石头、氤氲的水雾,还有那阵阵狂风,都将使漫步者命悬一线。

这座古老的塔楼令阿兰·图威斯特十分困惑。经历了时间

---

[1] 英制长度单位,1码约等于0.9144米。

的腐蚀和摧残，也许还有人为的损坏，如今这座中世纪古迹的顶部只剩下一两个墙垛。相较而言，新哥特式风格的庄园则要新得多，看上去像是十八世纪的产物。优雅的白色细木窗框呈尖顶穹隆状，镶嵌在高大宏伟的建筑物上，十分醒目。不算上阁楼的话，整座庄园分为两层。最上面的板岩屋顶已经开始长出斑驳的青苔。

图威斯特摇响门铃，庄园主人来为他开了门。他本以为会见到一个上了年纪的男人，或许还有些严肃；见面后才发现杰森·马勒森只有三十多岁，并且十分热情地接待了来访的自己。庄园主身材中等，有着一头浅棕色头发，五官端正令人感到舒畅，只是右边脸颊上有一片奇怪的红色印记，浅浅的伤疤从眼皮处一直延伸至下巴。经过精心修剪的八字胡呈尖状，凸显了他优雅的着装。他身着一件深棕色苏格兰羊毛外套，搭配白色衬衫和配套的麻质领带，行为举止毫不矫揉造作，反而透着一种热情的纯朴。

庄园主把客人请进宽敞舒适的客厅。客厅里一整面的书架墙令人印象深刻，还有一扇巨大的窗户。只是一路铺到天花板的橡木壁板以及暗淡的蓝紫色窗帘，使得整间屋子的光线稍显阴暗。巨大的石砌壁炉里火苗正在噼啪作响，但有种奇怪的寂静飘浮在这稍显清冷的空气中。壁炉搁板上放着一盏小小的锡质台灯，旁边显眼的位置上有一个玻璃瓶，里面装着一艘漂亮的模型船；船体下面是一块被涂成蓝色的木块，象征着大海；木块上面还被巧

第二章　粉色房间的秘密

妙地撒上了一些白色水晶细屑，在火光的照耀下泛着微光，简直惟妙惟肖。

杰森·马勒森邀请客人喝一杯上好的香槟，阿兰·图威斯特没有拒绝。两人在壁炉旁的扶手椅上坐了下来。

"图威斯特先生，您以前来过这里吗？"马勒森松开领带领结问道，"没有来过，是吧？您好像在回信中提到过。但是，看您从事的职业，这个答案倒让我有些吃惊……"

"没错，我必须承认这一点。但是请相信，这一切都只是出于巧合……"

"您或许知道，这里是神秘事件的偏爱之地，盛传各种各样的传说、神秘事件、灵异现象，尤其是魔鬼现身，这样的事情不胜枚举。那些被魔鬼附身的狗的故事，还有无头马的故事，简直数不胜数。更别提低语的河流、闹鬼的乡间小屋，或是戴假发的猪。还有人说，从前凯撒皇帝的军队曾路过此处，如今每逢满月，就会有人看到这些受到诅咒的罗马军团的鬼魂，依然在进行无休无止的战斗。当然，我用不着跟您说这些，这里的大部分故事，您应该都很了解……"

"的确。但是我很高兴，尽管情形如此，您还是如此豁达。"

杰森·马勒森把装着白兰地的酒杯放下，苦笑着摇头道："噢！我表现得确实有些轻松，这也许是我对抗命运的方式。其实，我是很严肃地看待这件事的。而且，您看我书架上的书，几乎都是关于这个主题的……"

阿兰·图威斯特的眼神扫过壁炉旁的书架，默默地表示认同。他看到了很多专业书籍，大部分他都读过，还有一些十分罕见的、很多收藏家和爱好者热衷于寻找的书目。

"大部分书都是从我父亲那里继承过来的，我只是后续补充了一些。他虽然是个农场主，却爱好文学。他把这个爱好也传给了我，也许这就是他留给我的所有东西。我们以前住在隔壁村，后来我娶了莉迪。在这座庄园里安顿下来之后，我就让人把这些书都搬到了这里。话说回来，莉迪应该也快到了……"

"我还看到您有一套非常精致的查尔斯·狄更斯的小说全集。"

"是的，我很喜欢狄更斯，他是我最喜欢的作家之一。如果您想看的话，请不要客气。书里有非常精美的版画。"

阿兰·图威斯特没能抵抗住翻阅书籍的愉悦。他站起来，正准备伸手取出其中一册时，又看到旁边有一排法国作家的书。这是些样式特别的简装书，分别是萨德的《朱斯蒂娜》[1]和拉封丹的《故事诗》。

"您读法语书吗？"他不自觉地打开《朱斯蒂娜》问道。

庄园主人捻着胡须末端，嘴角泛起一丝尴尬的微笑："呃……没有，不完全是。我认识几个法语单词，但是还不足以看懂故事。这些书……是别人送给我的，是一个朋友……算了，这不重

---

[1] 又名《淑女的眼泪》。它和《故事诗》均是著名的情色文学作品。

要。我觉得是时候来谈谈让我们更关心的事情了。"

马勒森拿出一个银质烟盒,抽出一根烟点燃。接着,他倒向扶手椅的靠背,吐出几口烟,一副若有所思的样子,脸色也逐渐变得阴郁。

"我方才跟您说这个地方汇集了很多神秘事件,这是为了强调,莫顿伯里的诡异事件会比别处更多,而且常常与这座庄园,也就是克兰斯顿庄园有关。克兰斯顿是莉迪娘家的姓氏。这里曾经发生过一些莫名的惨剧和残忍的死亡事件,这些事件如此明目张胆,却完全不符合人们的常识。其中细节我就不一一赘述了,只是想让您知道,这座房子有着十分沉重的历史。莉迪一家曾经好几次遭受厄运的侵袭,就像背上了沉重的诅咒。这可能也给整座房子带来了一些影响,所以出现了好几次鬼怪现身的事,比如在阁楼上的那个幽灵。"

"我觉得,大部分幽灵现身都跟过去的经历有关。"阿兰·图威斯特提醒道。

"这并不是最近才发生的。"马勒森一脸严肃地继续说道,"其实,自从我从战场上回来以后,这件事就开始了,所以说已经三年了……"

"三年?"图威斯特惊讶地说,"今年是1922年,战争是1918年结束的话……"

"您说得对,"杰森摇了摇头,"是我弄错了。这事应该是在我回来之后几个月、差不多一年以后才开始的。"

"您当时在比利时打仗吗？"

马勒森猛地抬起头来："是的，我在佛兰德地区战斗，主要是在伊普尔那一带[1]……战争已经结束四年了，但每次想起，我都觉得好像就发生在昨天……三年啊，真是漫长的三年，那可不是什么清闲的差事……"

"非常理解。"阿兰·图威斯特点头答道，"我也曾参与其中。虽然我只去了两年——因为我比您稍微年长一些，可这也足以让我参与和见证这场血流成河的悲剧了。您是1915年去的话，那您是第一批志愿军吗？"

"是的。我记得很清楚，那是个初夏，招募参军的海报还历历在目——'小伙子们，快来吧！现在就来参军！你们还记得比利时吗？小伙子们，快加入我们的行列！这里还有你们的位置！'我当时二十二岁，在一年前刚刚结婚，生活无忧无虑，十分幸福。但那个年纪的人都有些头脑发热……我出发的时候，完全不知道等待我的将会是什么。不过，大家不都是这样吗？噩梦持续了三年，在这三年内，我每天与死神为伍。几乎每一天，我眼睁睁地看着许多战友纷纷倒下……但最糟糕的，还是在佛兰德最后阶段的那场战役。没有任何地垄可以作为掩体，那里是片巨大的泥沼，稍微挖个洞马上就会被淤泥填满……死亡无处不在，就像一片沼泽，一旦涉入其中就会被吞噬。有一天，死神

---

[1] 第一次世界大战期间，协约国军队同德军于1914年、1915年和1917年在比利时西部的伊普尔地区进行了三次战役。

第二章　粉色房间的秘密

以更加出其不意的方式袭击了我们……我甚至回想不起任何细节……"他摸着自己的右脸颊叹道,"它最终降临在我身边一个亲爱的朋友身上……"

杰森·马勒森抬起头,图威斯特在他的眼中看出了很多情绪。他十分理解这样的情绪,因为他也曾亲眼见证很多战友的离去。

火苗的爆裂声伴随着长久的沉默。

"图威斯特先生,我只是想告诉您,"年轻的庄园主继续说道,"我……在1918年回来的时候,因为这些事件的影响,精神就已经有些混乱。我在想,这些影响有没有严重到使我产生幻听或幻视,也就是说听到或看到一些想象出来的事——您明白我的意思吗?"

"我非常明白。"

"尤其是在我回来之后,过了几个月……将近一年吧,我再次与死神擦肩而过,它似乎执意要跟着我。但是这一次,出于某些神秘的原因,命运再次决定饶过我的性命——也许,正是因为这件事,刚刚我才会弄错日期——就在离这里不远的地方,曾发生一起海难事故,我是极少数的幸存者之一。我能够脱身,简直是个奇迹!"

"所以,房子里的神秘事件是在那件事之后发生的吗?"图威斯特问道。

杰森紧张地捻着胡须,点了点头:"按您这么说的话,是的……从那时起，我会在晚上听到一些脚步声。一开始，我以为自己是在做梦，因为不经常听到，也许一个月出现两三次。起风的时候我总是很难入睡，会变得忧心忡忡。战争的记忆挥之不去，横尸遍野的泥泞战场又会再次浮现在我的眼前。有时候，我甚至会想象战友灵魂升天的场景……所以，当时的我怀疑是自己神志不清。但是，有一次我为了使自己安心，干脆从床上起来了，然而，我还是能听到脚步声……但是等我走到楼上，声音就消失了！"

"我想，您的卧室就是在楼上吧，所以这些脚步声是从阁楼里传来的吗？"

"没错。实际上，那里也被改造过了，一会儿我会带您参观的。之后，我又做了多次尝试，但不过是徒劳。然而，有一天晚上，我瞥见了这个幽灵……"

"您没看到他的脸吗？"

"没有，因为我几乎只来得及辨认出一个转瞬即逝的身形……"

"也许只是家里的某个人呢？"

"不是，我询问了所有人，而且住在家里的只有我妻子、她的表弟埃德加，还有目前正在休假的女佣伊丽莎白。自然，我也想过这种可能性，但是他们都很确定，没有人在那天晚上起来过。

"我越想越觉得事情不对劲，越想越怀疑自己的理智……直

第二章　粉色房间的秘密

到有一天,我不再是这件事的唯一见证者。在那之前,我没敢向所有人挑明这个问题。考虑到之前家族里发生的一些事,我担心这会吓到莉迪或埃德加,也怕吓走家里的女佣。那一天晚上,大概是一个月前,我在楼梯上撞见莉迪,她跟我一样穿着睡衣,一脸担心的样子。顺便解释一下,我们是分房睡的,这不是因为我们在冷战,而是因为我们都有失眠的问题。她也听到了脚步声,并且这已经不是第一次了。埃德加也是,当时他正站在另一处楼梯角上。我一会儿指给您看当时我们各自所站的位置,您就会明白,对这位夜间访客来说,他不可能找到出路。至少,我们是这么认为的,我们确定,闯入者无法从我们中间逃脱,我们当时已经围住他了。然而,当我们有条不紊地追寻了一阵后,最终三人都来到了走廊尽头的粉色房间门口,一丝光线从门缝下面透了出来!显然,幽灵只能是躲在那里面了!我们把他逼到了那个房间里!"

杰森·马勒森停下来,给客人加了一些白兰地,又给自己加了一些。

"但是,"他继续说道,"我们发现那个房间上了锁。这也不奇怪,因为二十年前这个房间就被永久封闭起来了,自那以后就一直处在紧闭的状态。"

"永久封闭?"阿兰·图威斯特惊叹道,"这又是为何?"

庄园主的脸上浮现一丝苦笑:"也许是因为魔鬼吧!——这或多或少跟降临在克兰斯顿家族的不幸事件有些关联。那是一个久远的家族故事。当时，那个房间是莉迪祖父母的卧室。有一天夜里，一个摇摇欲坠的衣柜倒了下来，还引发了其他更严重的事，所以，那个房间从此就被封闭了……算了，我还是不要浪费口舌说这些陈年旧事了，不然就理不清头绪了。

"实际上，我们已经完全忘记了那个尘封的房间，我自己一个人在追赶幽灵时，根本没有想过他会逃到那里去。但是，那扇紧锁的门以及门下透出来的光表明，显然房间里有什么不同寻常的事情！然而，令我们震惊的远不止这些，我们做了各种猜想，却完全没有料到后来在房间里看到的场景！

"首先我们得把门打开。尽管我们在不断地敲门，但很显然没有人回应我们的呼喊。据我们所知，唯一能打开那扇门的钥匙被放在书房里的一个秘密抽屉里。于是，莉迪下楼去找钥匙，我和埃德加就守在门口警戒。在莉迪离开的几分钟内，我们没有听到任何可疑的声音。不幸的是，由于锁眼侧面有些移位，我们从锁眼里也看不到什么东西。终于，莉迪拿着钥匙回来了，这已是十分幸运的事了，因为当时的我们完全不确定钥匙的藏身之处。紧接着，我们把门打开了……猜猜等待我们的是什么？一个随时准备扑过来的黑影？一个躲在箱子后面的神秘身影？落在地板和床上的一层厚厚的灰？还是挂满蜘蛛网的墙壁？不，完全不是……"

"这就很蹊跷了……"阿兰·图威斯特拿起酒杯喃喃自语。

杰森盯着前方继续说道："我们看到的是一间十分整洁的房

间,没有灰尘,也没有蜘蛛网。床头柜上有一盏点亮的小煤油灯,照亮了床上的金色华盖,粉色的丝绸窗帘闪烁着光芒。而且,房间里也没有别处冷,几乎算得上有些温热。空气里弥漫着一种奇妙的味道,既甜美又令人陶醉,像是某种异域香氛。整个房间焕然一新,就像有仙女来过一样!"

第三章
长翅膀的生物

"房间里没有任何人！"杰森·马勒森补充道，"那个东西一定是飞走的！我们把所有地方都找遍了，没发现任何人！然而房间里根本没有藏身之地！除了床底下……我们已经查看了好几次，依然一无所获。这个奇怪的访客到底是从哪里逃脱的呢？从窗户吗？倒也不是完全没可能，当时窗户的确是微微打开的。但是，您一会儿就能看到，从窗户那里几乎是不可能到达地面的，而且，那是庄园那一侧唯一的窗户，它朝向那座老旧的塔楼。窗下十五米的地方便是岩石，整个建筑在此处高悬于地面之上。在窗户上方的屋顶向外延伸得很远，也绝无可能从那里逃脱。不仅如此，北边地面上还长了好几块青苔。然而到了第二天，我们在墙上和屋顶上，尤其是窗户周围，没有发现任何可疑的痕迹。一个逃跑的人想要从这里逃走，就算是借助绳索，也无可避免地会留下一些痕迹，至少，对普通逃犯来说这是肯定的……更别提那间封闭的房间里，还点着一盏灯。这显然证实了一定有人！但房门是锁住的,能打开那扇门的钥匙也只有一把,还被藏在一楼书房里的秘密抽屉里!"

阿兰·图威斯特沉默了片刻,继而开口道:"太奇怪了……总之,似乎唯一可能的解释,就是真的有幽灵。"

马勒森激动地点头表示同意:"恐怕确实如此,因为没有办法能解释这一谜团,除非您能找出别的答案!我就是想搞清楚这一点,您明白吗?我想知道自己要面对的是什么东西,想知道在这座庄园里,是否依然有神秘力量的存在……"

"如果确实如您所说,您认为此事的原因何在呢?"

马勒森打了个哆嗦,然后懊恼地摇摇头,一脸担忧地说:"我不知道……我只想知道,我们面对的是什么性质的现象。如果有可能的话,还希望能找出驱魔的办法……"

图威斯特点点头,眼睛却一直盯着壁炉上的模型船。看了片刻后,他突然问道:"真是个精致的作品啊!我一直很欣赏这样的东西。这艘船有名字吗?"

庄园主短暂地迟疑了一下,然后回答道:"'泰坦尼克'号……"

"'泰坦尼克'号?就是十年前沉没的那艘船吗?但它跟这艘船不一样,它可不是帆船啊。"

"是莉迪取的名字,因为那些白色水晶让她想起了导致海难的冰山……"

"话说回来,虽然它跟'泰坦尼克'号长得一点都不像,但是我刚刚提问的时候，心里想到的也是这个名字……这可真奇怪！"

"真的吗……"马勒森喃喃道，脸色十分苍白，"为什么……您为什么会这么想呢？"

"您可能知道，那场海难令一千五百名乘客命丧黄泉，"图威斯特叹道，"这一切仅仅是因为一座小冰山，如果可以这么理解的话……我对这场悲剧的印象十分深刻，因为'泰坦尼克'号出发离港之时，我就站在岸边。我眼睁睁地看着这艘世界上最大的船即将起航，心里既羡慕又失望。因为我本该是船上的乘客之一，不过一位亲人的离世迫使我取消了那次旅行。其实我当时就有某种预感……您可能会说，海上旅行总是会让人担惊受怕，事后人们很容易回想起自己的担忧。然而，那天我确实感知到了某种危险，空气中弥漫着暴风雨的味道，尽管当时是个万里无云的晴天……我说这些让您感到无聊了吧，这跟我们谈的事也没什么关系。对了，您刚刚说自己从战场上回来后不久，也曾经历过海难？"

"对……"

"那艘船叫什么名字？"

"'阿尔戈'号……"

阿兰·图威斯特显得十分震惊，他重复道："'阿尔戈'号？真是个不可思议的巧合！您叫杰森，而且在'阿尔戈'号上遭遇了海难？这不是跟那个神话故事一模一样吗？神话中那个去寻找金羊毛的著名英雄杰森！他率领阿尔戈英雄们登上了'阿尔戈'号，就是为了找到传说中的金羊毛！在海上历尽千辛万苦，失去了众多同伴后，终于安然无恙地从悲惨的旅行中回来……简直跟您一模一样啊！我想，您肯定也注意到了这样的巧合吧？"

马勒森一脸苍白，只是点了点头。

图威斯特又继续说道："有时候我在想，命运是不是偶尔会缺乏灵感，从而满足于重复使用剧本或计划，或者……将一局旧棋重演！"

此时，他的目光正好落在一个条纹玛瑙棋盘上，这才想到了最后的这个比喻。他的注意力被那些棋子的位置所吸引，它们散落在棋盘各处，看起来棋局还没有结束。图威斯特问庄园主是否会下象棋，毫无征兆的提问让后者显得有些窘迫，接着做出了肯定的回答。

"您是在跟谁下棋吗？您的妻子，还是她的表弟？"

杰森不安地摸着胡须末端，回复道："我自己一个人下……自己对抗自己。"

"啊！"图威斯特发出钦慕的声音，"那么您一定很擅长下棋吧！我自己也常常下得不亦乐乎。我们能否趁此机会切磋一番？"

马勒森清了清嗓子，然后干脆地回答道："当然了，只不过我也算不上老手，而且……"

此时，客厅的门突然开了，一个清瘦的金发男人走了进来。他年纪轻轻，大概刚满二十岁，身着一件棕色丝绒外套，脖子上随意围着一条围巾。他的举动充满着不安,如同他的眼神一样,透露出一种永恒的哀伤。跟在他后面的,是一位年纪稍长的女人,眼神十分明亮。她身材高挑,苍白的脸色在塔夫绸[1]长裙和黑色羊绒披肩的映衬下更为明显。一头乌黑的头发看着十分柔软,头上的发髻高高隆起,两侧则用丝带系紧,发尾落在肩上,就像起伏的波浪。

杰森·马勒森调整了一下自己的领结,走到妻子面前,把她介绍给客人,也介绍了年轻的埃德加。阿兰·图威斯特惊讶地注意到马勒森态度上的转变——看到妻子来了,他就努力表现出活泼有趣的样子。图威斯特觉得这位妻子十分美丽,但她空洞的目光令人困惑不已。她与她的表弟都算不上十分健谈。看到谈话的气氛不是很热烈,男主人便提议带阿兰·图威斯特去参观一下阁楼。

他们经过走廊来到屋子南侧的尽头,爬上一个橡木楼梯后来到了顶楼。那天莉迪被脚步声吵醒以后,就是在这里等待入侵者,也是在这里碰到了杰森。她当时蹲在楼梯的最后一级台阶上,听到身后的楼道里传来脚步声时,她完全吓坏了,以为是正在追踪的生物已经绕到了身后准备偷袭她。当她发现来的人是杰森时才长吁了一口气,意识到他也是被这奇怪的声音吵醒了。图威斯特毫不犹豫地相信了莉迪的话,因为她像是再次经历了那样

---

[1] 一种以平纹组织织成的高档丝织面料。

的恐惧般，不安的眼神一直看向她的表弟和丈夫。

他们顺着一条长长的走廊往前走，这条走廊贯穿了整座庄园。沿路上是一连串的山字形窗户和镶上护墙板的墙壁，只有楼梯附近开了一扇门，当时这扇门便是在莉迪的掌控下。窗户也是关着的，他们确认过这一点。很显然，幽灵是无法在这条走廊里找到出口的。拐过尽头的直角弯后，走道便连接着一个螺旋形楼梯。粉色房间的门就在这一层的拐弯处的左边。

埃德加当时就在这个楼梯间的下面，站在通往厨房的唯一出入口。一般情况下，这扇门总是从外面被锁上，那天晚上也是如此。埃德加拔出插销后，蹑手蹑脚地爬上楼梯，一级一级地往粉色房间走去。他、杰森和莉迪几乎同时到达，只不过他是从另一侧过来会合的。

经过简短地勘察，图威斯特也确认，一个正常人确实无法从他们控制的走廊里逃脱出去，所以只剩下唯一的出口——粉色房间。

"不过，你们确定他当时还在这座房子里吗？"阿兰·图威斯特问道。

"确定。"埃德加回答道，同时他不停地朝门口投去闪躲的眼神，"我和莉迪几乎同时走出房门，我们都清楚地听见了楼上传来的脚步声。莉迪走了主楼梯，我马上从厨房那边绕了过去——因为我知道，他从这一侧是走不通的，刚刚我已经说过，门当时是锁住的。"

"这是你们临时想出来的方案吗？"

"呃……对，当然。就我个人而言，我睡眠质量很好，这只是我第二次被脚步声吵醒……"

"你们的方案演练得太好了！"

埃德加耸了耸肩："我们对这个地方了如指掌，想出这个方案对我来说是轻而易举……"

走进房间之前，图威斯特又问："门锁已经锁了这么多年，再次打开的时候是否很费劲？"

"我不记得了，"埃德加搓着手回答道，"虽然转动钥匙的人确实是我……"

"不，是我，"莉迪纠正道，"但我没有注意这个细节。当时我们都太担心门后会出现什么东西了……"

四人走进了粉色房间。莉迪·马勒森解释说，自从那天起，他们经常会来这里整理。

这是个十分舒适的房间，家具精简，但都十分考究，整个空间散发出一种私密而安宁的异域风情。粉色的丝质窗帘上镶有绦穗，桃花心木床带有华盖，上面装点着金色装饰。床顶的形状就像一座宝塔，上面还画着一些奇异的动物图案。衣柜也是同样的中式风格，比较矮小，上面放着一堆旧书。

从房间里唯一的窗户往外看，就能看到美丽的海岸风景。图威斯特可以清晰地看到那座离房子很近的、老旧的塔楼。由于塔楼处于地势稍低的地方，它的顶部几乎与他们的视线齐平。塔楼之后，就是悬崖的边缘。在更远处，视线沿着长长海岸的嶙峋礁石看到尽头，矗立着一座高耸入云的灯塔，塔尖似乎触到了天空中欢快流动的乌云。

图威斯特开始投入到细致的检查中，天花板、墙壁、窗台外沿，以及屋顶的檐脚，无一遗漏。他扫了一眼墙角的岩石，只需看一眼就会让人打消跳下去的念头。他很快确信，这个房间也是无路可逃的。

他终于开口："你们看到这间房间的时候，也跟我今天看到的一样干净吗？尽管这间房已经尘封二十年了，是吗？"

马勒森夫妇默认，埃德加则迈着碎步在房间里踱来踱去，像是没有听到提问似的："肯定是有人拿走了钥匙，请人做了把备用的，然后偷偷来这里打扫房间……"

"有这个可能，"杰森回答道，"但我想知道这又是为了什么！总之，肯定不是我们三个人中的任何一个。但是，这件事显然是最近发生的。只剩下我们的女佣伊丽莎白……可她在楼上有一间舒适的卧室，我实在想不出她为何要偷偷打扫这个地方。而且我们也问过她这个问题，她向我们保证过，自己从未跨进这间房的门槛。"

阿兰·图威斯特继续在房间内搜索着，脸上显示出巨大的好奇心，同时还透露出不满足。

"奇怪了，"他用鼻子嗅了嗅，继而说道，"我怎么闻到一股奇怪的味道……但又没有办法描述。"

"这间房间不是无缘无故被封闭的。"杰森·马勒森转向图威斯特打开的那扇窗户,手指指向远处的一点。

莉迪走到丈夫身边挽住他的胳膊,迷离的眼神停在了老旧的圆形塔楼上。图威斯特询问她是否知道这座中世纪古迹的由来。

"这是我的祖先们建造的第一座小庄园,原址就在不远处的悬崖边上——也许是为了更好地拥有海上视野吧,也就是说,为了更好地瞭望来自海上的危险。在17世纪,那座庄园被圆颅党[1]人掠夺并烧毁。后来,它的石材被用来修建周围的其他建筑,其中就包括我们现在的这座庄园。但我不知道他们为什么唯独放过了这座塔楼,也许是为了纪念自己的第一座小庄园吧……若是他们那时把塔楼也推平,可能反而是件好事……"

"因为它总是带来厄运。"马勒森插话了,"现在,我们几乎从来不去那里,那是个无人踏足的阴森之地。我是绝对不会去那里冒险的!"

"为什么呢?"图威斯特不解地问道。

莉迪回答的时候,眼神始终没有离开塔尖:"因为我的祖父查尔斯·克兰斯顿在那里悲惨殒命,而且死得莫名其妙。他是被一个生物……一个非人类生物害死的。"

"一个非人类生物?"图威斯特目瞪口呆,"这是什么意思?"

---

[1] 17世纪中期,英国国会中的知名党派。

第三章　长翅膀的生物

"一个长着翅膀的生物……"她慢慢回答,"它突然从云层里冲出来,猛地扑向我的祖父,然后把他推下塔楼,让他掉进了深渊!"

第四章
魔鬼出没

几只海鸥盘旋在老旧的圆形塔楼周围，发出刺耳的叫声。阿兰·图威斯特凝视着这座建筑问道："是您亲眼所见吗？"

"不是，我当时还很小。但是，有人看见了……"

"简直不可思议！"图威斯特低声说道，"这太邪恶了！"

"没错，"杰森·马勒森盯着远处的地平线，用低沉的声音附和道，"只有用魔鬼出没才能解释这样的行为。是的，我相信魔鬼，我能感觉到它的存在，有时甚至近乎可触。因为这片土地上曾发生过一些非常可怕的事，一些无以名状的惨剧超出了我们的想象……"

他的声音里透出一丝悲惨，然后就陷入了沉默，但寂静很快就被埃德加的叫声打破。在房间里踱了好一会儿后，年轻的男子突然在窗户边俯下身去："我的围巾！我刚刚想整理一下，一阵风就把它吹走了！我先走了！"

埃德加匆匆跑向出口，同时补充道："如果不赶快去捡，恐

第四章　魔鬼出没

怕它就会成为鱼群的玩具了！"

杰森·马勒森看着埃德加离开了粉色房间。他一动不动地待了很长一段时间后，转过身微笑着嘲弄道："他甚至能为了条围巾摔断自己的脖子呢！"

"是的！"莉迪说道，突然担忧起来，"你最好去帮他一把！他笨手笨脚的不知道会发生什么事！要是为了这么个毫无价值的东西而丧命，那就太蠢了！"

"我这就过去，亲爱的。"男主人朝妻子投去安抚的微笑，然后又对图威斯特说道，"我去去就来，几分钟就好！"

说罢他也走出了房间。等到他的脚步声消失在走廊里，阿兰·图威斯特突然产生了一种奇怪的感觉。是因为突然跟美丽的年轻女人同处一室，抑或是室内沉闷的气氛，还是因为客厅里弥漫的沉默？他说不上来。实际上，他觉得这里的一切都有些古怪。

莉迪的脸庞，她的眼神——他在她眼里看到了大海般的虚无，然而这眼神里像是还有别的东西。他总觉得似乎在哪里见过她……

年轻的女主人似乎有些出神，她不停地用食指抚摩着床柱上的金色雕刻。为了打破这令人尴尬的沉默，图威斯特问道："您的表弟是做什么工作的？"

"埃德加没有工作，"她回答道，"他只是写些小诗。除了他自己和为数不多的几个朋友外，就没有别的读者了——如果这也能算得上是种职业的话。"

"那就是诗人了……"图威斯特的嘴角咧开来,"嗯,这倒很适合他。我感觉他好像没有什么人生历练,是吗?"

看到莉迪没有回答,他又补充道:"他的年纪太小,没有打过仗吧?"

"是的。战争爆发时,他才十五六岁。之前除了这个村子和庄园,他从没去过别的地方。他是瑞贝卡姑妈,也就是我父亲的妹妹的独生子。瑞贝卡姑妈嫁给了一个叫赖斯的少校,然后就守了寡。我们都不认识这位上校,他在埃德加出生那年死于南非的战乱之中。我的父母过世后,瑞贝卡姑妈成了我的抚养人,就这样,她和她的独生子在这座庄园里安顿下来,那时候我才十四岁。十七岁时,我嫁给了杰森。那时我们才相识了几个月,但因为瑞贝卡姑妈的突然离世,我们的婚期也就提前了一些。"

"然后,您的丈夫就搬来这里住下了……"

"噢!我们不是出于利益而结婚的!"莉迪脸上露出了微笑,"如果您是这么想的话!"

"老天,绝对没有!您的丈夫跟我说过,他搬了很多书来这里!"

"他自己也从父母那里继承了一笔财富——他的父母是附近富有的农场主。我们是在这里认识的。他在村子里有几个朋友,而且和这里的大部分孩子一样,他以前也在词典学家杰瑞米·贝尔先生那里上学……"

第四章　魔鬼出没

"杰瑞米·贝尔？他是不是长得很强壮，穿着一件巨大的斗篷，还戴着一副系着黑色饰带的夹鼻眼镜？"

"是的。您认识他吗？"

"我在客栈见过他。"

"他是个十分幽默且很有创意的人。他很喜欢孩子，尽管他自己一直保持单身。孩子们也十分迷恋这位老先生。——再说回我们的婚姻吧，我们是1914年结婚的。一年之后，杰森就去参战了，所以在战争肆虐的那几年，只剩下我和年轻的表弟相依为命。偌大的庄园里，只有我和埃德加孤零零地等着消息，凝望着大海和云朵，倾听着风声……"

"也许，是这一切启发他成了诗人？"

"也许是吧，但这也扰乱了他的心绪。我当时相对年长，也结了婚，而他还是个孩子。如此孤独、悲伤而阴森的地方，一定严重干扰了他的神经系统……"

图威斯特把手肘撑在窗沿上，提醒道："也许他只是因为紧张和笨拙，所以才松开了围巾！这里确实有一点风，但在我看来，还不足以把一个东西从人的手中卷走……"

"有可能吧……"

两人再次陷入沉默。图威斯特出神地看着风景，完全沉浸其中。在被雾气笼罩着的地平线外，有他的故乡爱尔兰……

"您知道吗？"图威斯特说道，"我的母亲也曾写过一些民族主义的诗歌，主题是歌颂故乡的美丽及其人民的勇敢和善良。她是个十分敏感的人，也许跟您的表弟一样……"

"是的，他的确很敏感，甚至有些极端。"

"有时候您的丈夫好像也很紧张……"

图威斯特说出这些话时，正好瞥见在庄园脚下的两人。他们绕过庄园，顺着风的方向走，风已经把围巾吹到了远处。为了佐证他的观点，他又讲述了与马勒森谈话时的只言片语。

"是的，我明白。"莉迪走到依然伏在窗台上的阿兰·图威斯特旁边，"您还提到了他经历的那次海难——那给他带来了很大的影响。您看，就在那边，在这排岩石尽头的灯塔那边……从这里是看不到的，实际上那周围布满了暗礁……北边更远的地方也是如此。'阿尔戈'号是在一个冬夜里失事的。杰森当时去朴次茅斯待了几天，返程时选择了坐船。虽说当时的天气状况并不好，但还是无法解释为何经验丰富的水手会偏离航线，驶向那些暗礁。不过，在那片海域失事的老练航海员确实不胜枚举，那地方就是个名副其实的船舶墓地。

"夜幕降临，悲剧在黑暗中发生。不幸的是，几名幸存的乘客几乎什么都没看到。大部分人都在打盹儿，尽管离北边的目的港只剩下几英里[1]了。貌似在听到一声可怕的巨响后，船很快就进水了。大部分乘客在无以名状的惊恐中纷纷冲向救生艇，但是，海底布满了暗礁。您稍微想象一下就能明白，在如此糟糕的天气

---

[1] 英制长度单位，1英里约等于1.61千米。

第四章　魔鬼出没

下会出现什么样的情景：大海很快就吞噬了几艘小小的救生船，还有那些落水的人。船上超过两百名乘客，最终只有五个人幸免于难……"

"上帝啊……"图威斯特低声说道。

"您可以想象，当我听到海难的消息时是怎样的心情！经历了三年漫长而焦急的等待，直到一年前我才与从战场上回来的丈夫团聚，感谢上天把他还给了我！没想到竟又是这般悲剧！当我得知他是幸存者之一时，又是多么狂喜！简直是个奇迹！老天第二次拯救了他！他浑身都是擦伤，但与他刚从战场上回来时的样子相比，没有什么大不了的……"

"您是说他右边脸颊的淡色疤痕吗？"

"是的。但您没看到这疤痕一开始的样子。在战场上，军医已经用尽了所有办法，但都没有成功……不过之后他得到了很好的治疗，尤其是在'阿尔戈'号海难之后，我们找了一位优秀的专科医生为他重新处理了旧伤疤。随着时间的流逝，伤疤恢复得很好，现在几乎已经看不到了。但是，您应该不难理解，我丈夫的内心深受这一连串悲剧事件的影响……"

图威斯特也有同感。他默默欣赏着莉迪如天仙般美丽的脸庞，突然间灵光一闪。他终于知道自己在哪里见过这张脸了——至少他是这么认为的。不过，当时他也只是匆匆一瞥，还不足以完全确信。总之，让人感到奇怪的是，前一天他到达村庄时，司机差点撞到了一个陌生女子，而莉迪·马勒森与那名女子长得十分相似。但是，他又思考了片刻，觉得这还是不太可能。那名陌生女子穿着十分朴素，司机还说她是个野丫头。图威斯特很难想象，莉迪·马勒森夫人穿着滑稽可笑的衣服，在自己庄园附近的路边闲晃。或许，她只是与那名女子长得很像而已，更何况这只是他的印象。只是长相相似罢了……

"这间房间完全就是个谜团，"图威斯特环顾四周后说道，"与之相关的那些神秘脚步声也是一样。一名不速之客在夜间潜入阁楼里行走，还十分用心地打扫房间。他打开了床上的灯，用备用钥匙把自己锁在房间里面，然后又魔法般地消失不见……该如何理解这个现象呢？这意味着什么？是否与您祖父的离奇死亡有关呢？"

"我不知道……"说这些话的时候，她几乎毫无生机，眼神也再次暗淡下来。

"好奇怪，"图威斯特继续说道，"我有种感觉……我感觉这房间里有股奇怪的氛围，却又不知道该怎么描述！"

"这里是我的祖父母，查尔斯·克兰斯顿和洛蒂·克兰斯顿的卧室，"莉迪娓娓道来，"他们特地让人把这间房改造了一下，因为这里可以看到美丽的海景。这是个舒适又安静的小窝，里面铺了地毯，装饰也十分讲究，从这些家具就可以看出来。他们是在这个世纪初结的婚，不是新婚的两人却还是任性地进行了改造。不过，他们并不是一直在此处就寝，只是偶尔为之。1904年的一个夏夜，我记得很清楚，我当时七岁，刚刚庆祝完某个同学的生日。那晚他们吵架了,我已经不记得是为了什么,但是这不重要。吵完之后,作为一个狂热的无神论者,我的祖父向魔鬼发出了挑战,并声称:如果它是真实存在的,就命令其就地现身。那天晚上,他们就睡在了这间房间……

"因为一只柜脚被白蚁侵蚀,您面前的这个衣柜当时已经有些摇晃,柜体摇摇欲坠。那天晚上,随着一场暴风雨的降临,该发生的终于发生了。一声惊雷后……"

"衣柜倒了下来,"图威斯特接着说道,"它倒向了您的祖父,并且弄伤了他!这就是魔鬼的回应!"

"衣柜确实倒了下来,但没有人受伤。"莉迪转身看向这件老家具,纠正道,"实际上,事情变得更加棘手,也更凶险。我要告诉您的是,这个事故发生的两天后,祖父就悲惨而离奇地去世了。倒下来的衣柜把里面装的东西都倒了出来,放在上面的书也掉了下来,您现在看到的就是当时的那些书。其中的一本书里夹了一封信,是一封败坏祖父名誉的信。这封信无可辩驳地证实了那些在坊间流传的关于他的谣言都是真的:他与村里的一名贱妇有染……这对祖母洛蒂来说,是一个十分可怕的打击。"

第五章
海妖的传说

当天晚上，阿兰·图威斯特又在客栈里碰到了阿奇博尔德·赫斯特，后者正十分愉快地享受着客栈的招牌菜——美味的康沃尔菜肉烘饼。初来乍到的阿兰·图威斯特看到美食两眼放光，也点了同样的菜，不久之后又要求加菜，这样的食欲让警官感到十分吃惊。要知道他本人也是个好吃之徒，从他肥硕的体型就能推断出来。他们边吃边聊，赫斯特似乎迫不及待地想知道庄园幽灵的消息。

当图威斯特讲述那些离奇事件时，赫斯特显得十分震惊；听完以后，他的嘴角又浮现出一抹若有若无的微笑。

"这一切都太奇怪了。"哲学博士最后总结道。

"具体来说是哪里奇怪呢？"赫斯特点燃一根烟问道。

"所有的一切。不管是现在的事、过去的事，还是这座庄园里的人。那位夫人虽然年轻可爱，但似乎总有些忧郁，一副心不在焉的样子；她年轻的表弟也是个沉浸在幻想中的人，似乎总是

第五章 海妖的传说

局促而痛苦；还有杰森·马勒森也令我感到十分困惑。马勒森十分直率，也很热情，有时却会在突然之间转变态度，尤其是当他妻子在场的时候。另外，我觉得他好像在害怕什么东西。有一次他看着大海的时候，对我说了些非常奇怪的话，让我感到十分震惊。不过，鉴于他过往的经历以及这次幽灵事件，这样的反应也很正常……那么您呢，您这边打探到什么了吗？"

"我打探到不少事情呢。"警官带着狡黠的微笑回答道，"我先去调查了那些尖叫声——虽然人们不太愿意谈论这件事，但我还是弄明白了。那尖叫声跟当地的一个传说有关：这里有一条会带来厄运的美人鱼，人们称之为海妖，她发出的骇人叫声预示着死亡的临近。您拜访的那个庄园主人，更确切地说是他妻子的家族克兰斯顿一家，就是这个邪恶海妖最频繁的受害者。目前我就只知道这么多了。但无论如何，本地居民已经变得杯弓蛇影：只要听到什么奇怪的叫声，他们马上就会想到那个坏心肠的海妖！照我看，结论已经显而易见了。您知道，在这些偏远的小村庄，人们的迷信思想依然十分顽固，随便一条谣言都会变成惊天动地的大事……"

"我以前就听说过海妖的故事，"阿兰·图威斯特若有所思地提醒道，"在爱尔兰和苏格兰也存在着这样的古老传说。顺便问一句，他们有没有跟您说起过一个独自住在山坡上的年轻女人？"

"啊！"赫斯特惊叹道，"看来，您也去调查了这件事。"

"没有，只是有人跟我随口提了一句。当时我瞥见了那个女人，她发出了十分刺耳的叫声……"

"没错，她似乎跟她母亲一样会发出骇人的尖叫……她的母亲得了癔症，很早就过世了，而且据说她的祖母也十分古怪。有人认为，厄运正是这家人带来的。总之，如果这个海妖确实存在，就应该从这里着手往下查。悲惨的海妖似乎会把自己的衣钵传给下一代女性——他们没有说得这么明确，但应该是这么理解的。这倒也不足为奇：在类似的谣言中，总需要一个替罪羊，且这个角色十之八九都会落在那些贫穷的人身上。别管这些闲言碎语了，说说您遇到的那位庄园主人吧。您说他似乎总是一副很警惕的样子，我想我知道为什么！"

客栈似乎在几秒钟内变得人声鼎沸。阿兰·图威斯特朝吧台看了一眼，那里的人们正在酣畅淋漓地喝着啤酒，人高马大的杰瑞米·贝尔也身处其中，他洪亮的嗓音盖过了其他人的说话声。

"实际上，"警官的目光紧紧盯着图威斯特，"自从马勒森先生从战场上回来以后，就一直十分谨慎，大家都觉得他像是变了一个人……总之，图威斯特先生，这个家伙很有可能跟我们想得不一样，他根本不叫杰森·马勒森……而是个冒牌货！"

第六章
身份问题

　　阿奇博尔德·赫斯特惬意地吐出几口烟圈,看到方才的话引得同伴一脸震惊,他显然有一丝得意。

　　"冒牌货?"阿兰·图威斯特惊叹道,"您是说,从战场上回来的是另一个人?"

　　"没错,他就是个篡位者,利用战争之便,取代了战死前线的战友的位置。"

　　"但这很离谱啊!他身边的人应该会识破他啊——首先他就逃不过妻子的眼睛!"

　　警官又吐出一道细长的烟雾:"您自己也说了,他的脸上有一处伤疤,由于医生一开始就没有缝合好,所以他刚回来的时候疤痕十分难看,这在很大程度上改变了他的容貌。再加上已经过去了三年,人们的记忆一定会退化,就算是对一个亲近的人也不例外……"

　　"也许吧……但还是解释得很勉强!他得长得跟原来的庄园

主像是一个模子里刻出来的才行!"

"正是如此!在战争期间,马勒森似乎跟一个长相与自己颇为相似的人成了好友,而且此人……似乎不是什么体面之人。"

"我不敢相信……"

"在这漫长的三年里,他们在战壕里互相讲述自己的生活,互相倾诉秘密。直到有一天,敌方的炮弹将其中一位化为灰烬。这位机会主义者便抓住了这千载难逢的机会。他调换了证件,跌跌撞撞地回到了大部队。他自己的脸受了严重的伤,也为朋友的离去流下了眼泪。他被送到了医院……于是他有足够的时间来准备回国后的一切,去收集'自己'的记忆,以便塑造他的新角色——杰森·马勒森。据说,杰森·马勒森拥有的个人财富十分可观,在此基础上还要加上他妻子的财富。这是一笔十分划算的买卖,尤其是对这种不择手段的冒险家来说。"

图威斯特摇了摇头,他似乎被这骇人的推断搞得晕头转向。他的理智完全排斥这样的指控,脑海里却冒出好几个令人困惑的细节。他想起庄园主人曾谈起死神与他擦肩而过,最终带走了他的同伴。当时的庄园主人流露出十分自然的感动和悲痛,但是仔细一想,这也可以从另一个角度来解释……

"我实在难以相信。"他说道,"也许这在一开始还行得通,但过不了多久,冒充之事定会现形!"

"人最终都会习惯自己的新角色。"警官继续说道,"而且,一般从前线回来的士兵总会受到人们的优待。他们经受了如此大的身心伤害，人们总是会细心地呵护他们，面对他们衰退的记忆也几乎不会生气……换言之，人们会习惯他们的状态和一些奇怪的行为举动。"

"这一切是谁告诉您的？"图威斯特打断道。

"我问了好几个人，他们都拐弯抹角地提到过，尤其是此刻坐在杰瑞米·贝尔旁边的那位先生。他是弗雷德·卡明斯医生，我刚刚与他交谈过。他是村里的医生，是个忠厚老实的家伙，不会轻易诽谤他人。医生告诉我，他认识这里的所有人，这里的人们普遍都对年轻的庄园主抱有某种怀疑。据我所知，在庄园主回来以后，有些人察觉到一些可疑的事情，注意到一些奇怪的变化。比如，他的狗把他认作不怀好意的闲逛之徒，不停地低吼高吠，以致这位所谓的杰森·马勒森先生很快就决定把它处理掉。但是，谣言是在最近才越传越盛的，据医生说就在最近这几个星期，人们似乎确实都在谈论这件事，他也不知道为什么。不过您也知道，就像那句古老的谚语：'无烟不起火'……"

"确实，"图威斯特伸手去拿健力士啤酒杯，"但还是得弄清楚纵火犯是谁……"

"您的意思是……？"

"我觉得此事十分蹊跷。都已经过去三年了，人们才开始怀疑冒充之事，这也太久了！"

"您刚才不是说'过不了多久'吗？"

"我的意思是，也许在几个星期或几个月内，人们可能会混淆搞错，但他一定会在日常生活的细节中露出马脚！所以我不相信一年之后他还能毫无破绽，更不相信他竟能瞒得了三年！"

"我只是在转述人们跟我说过的话！"

"那位医生是怎么看待此事的？"

"他也不知道。他十分了解这位庄园主人，认为这确实就是杰森本人，但是他也曾意识到杰森的一些小小变化……而且令他感到困惑的是，杰森·马勒森大约在一个月前向您求助，刚好就是在这些谣言开始传播的时候……"

"所以您从中推出的结论是……？"

"没有结论，我只是发现了这个巧合。不过，这也有可能是杰森·马勒森的诡计，想用幽灵的故事来分散人们的注意力……"

阿兰·图威斯特摇了摇头表示反对："我认为他应该是真诚的。而且他在害怕……"

"很有可能。但是，也许他害怕的不是幽灵，而是别的事……也许是因为杀了人，如此深重的罪孽让他的良心受到了谴责，他在夜里担惊受怕，甚至看到了幽灵——就是那个在1918年的某一天被他杀死的马勒森，也许是他在战壕里向马勒森扔了一枚手榴弹，事后这枚炮弹被归结于敌军的行为……"

"这更加可恨！"图威斯特叹道，"但这样的情况也不能被排除在外。"他闭上了眼睛，片刻之后说道："我还记得，他曾提到那些战士的幽灵，就像某些版画上画的一样，成排的灵魂升上天空……他甚至还跟我说过自己曾做过这样的噩梦……"

第六章　身份问题

"所以说，您看吧！"

"我承认，这确实令人十分困惑……"

"可以肯定的是，"阿奇博尔德·赫斯特把杯子稳稳地放在桌上，斩钉截铁地说，"我们必须把这件事弄清楚。在我看来，如果您想揭开阁楼闹鬼的秘密，庄园主的身份之谜就是您要着手调查的第一件事。您怎么看呢？"

阿兰·图威斯特耸了耸肩膀，再次朝吧台看去："当然，您说得很有道理。我也想和这位医生谈一谈……"

赫斯特表示同意。他起身走到卡明斯医生身边，后者也毫不迟疑地站了起来。那位身形庞大的杰瑞米·贝尔向他们投来费解而愤怒的目光，他扶了扶夹鼻眼镜，然后便热切地扬起下巴，举起啤酒一饮而尽。

在这几分钟的攀谈内，弗雷德·卡明斯医生把银边眼镜取下来好几次，用手擦了擦额头。显然，阿兰·图威斯特单刀直入的问题令他十分尴尬。

"先生，您是以什么样的名义来问这些问题的呢？"医生终于问道。

"以个人的名义。但是您也知道，考虑到现在情况十分严重，实际上它应该属于司法部门的管辖范围，今晚赫斯特警官就代表了司法部门。"

警官出于礼节点了点头。

"我们还什么都不能确定。"医生不安地在眼镜上方看去，压低声音说道,"无论如何,我不想仅凭一些流言蜚语就引发骚乱。如果这是没有事实根据的怀疑,一旦人们发现是我挑起了事端,那我就要马上卷铺盖走人了!我可一点都不期盼这样的情况发生!我好不容易才适应了这个地方,克服了很多困难才被人们接受……现在我已经习惯了这里,也更希望在这里安度晚年!"

"目前还不算正式调查,"阿兰·图威斯特申明,"我们只是在收集信息,以便在正式行动前,把情况搞得更清楚……"

"那么,您想知道些什么呢?"医生一脸警惕地回答道。

"是谁告诉您那位死去的战友,也就是与杰森像双生子一样的人的事的?"

"是一个路过此地的百科全书推销员。他当时就在这里,想劝我买他的产品,而杰森·马勒森坐在稍远处,刚好起身准备离开。推销员想起自己在前线见过他和他的朋友,两人惊人的相似度曾令他十分震惊。另外,关于那位名声不太好的战友,战争结束的时候,他听闻此人已经在伊普尔战役中殒命。——您不必问我推销员的名字,这是三四年前的事,我已经忘记了……"

"您熟悉杰森·马勒森吗?"

"我与他算不上亲近的朋友,但也还算了解……"

"您是否发觉他回来以后变了?"

"是有些……但不管怎样,我还是觉得这是同一个人!"

"他的外貌变了吗?"

"可以说变了,也可以说没变。"医生放下眼镜说道,"当时我们已经很久没见过他了,而且那道疤痕也有些影响他的容貌……实际上,让我稍感惊讶的,是他态度上的转变。"

"您能举个具体的例子吗?"

卡明斯医生陷入了沉思。

"可以。"片刻之后他说道,"我本人是个象棋爱好者,战前我曾与马勒森先生有过几次交手。当时,我总能轻而易举地赢他。他回来以后,我又与他下了盘棋,那一次他打败了我,而且对他来说简直易如反掌!我的朋友杰瑞米·贝尔,就是现在坐在吧台的那位也跟我说过同样的话,因为他也输给了战后归来的庄园主!我记得很清楚:当时他十分愤怒,在大厅里掀翻了棋盘,打翻了几个啤酒杯,惹怒了好几个经常光顾客栈的酒鬼,还引发了一次群架。可怜的杰瑞米,以他一百二十公斤的身躯,也难以推开这些报复心极强的醉汉……"

"总之,卡明斯医生,您觉得您所认识的马勒森是没有能力让您惨败的,对吗?"

"对,尤其是杰瑞米——他可是个高手!"

"您难道没有想过,也许是在战争期间,杰森·马勒森的棋艺得到了精进呢?在暂时休战的时候,战壕里的士兵们不是只能以下棋这样的游戏来解闷吗?"

医生灰色的眼睛在两位同伴身上打转。

"我当然想过这个问题,甚至最后也是这样说服自己的,但是他的进步实在令人惊叹。如果你们想了解更多信息,不妨问问我的朋友杰瑞米。他也许是整个村子里最了解杰森·马勒森的人了……"

卡明斯医生转身看向吧台。杰瑞米闭着眼睛，庞大的身躯靠在撑着柜台上的一只手肘上，另外一只手臂则奇怪地停在半空，手里几乎是象征性地举着他的空酒杯，整个人奇迹般地维持着平衡。

"……不过，得看他现在还能不能清醒地回答你们。"

在卡明斯医生的帮助下，这位老词典学家迈着还算得体的步子，成功走到了朋友们的桌子前。

"看在墨丘利的飞行鞋[1]的分儿上，"他晃动着多层下巴嘟囔道，"你们说的这些事如此离谱，几乎能被看作真事了！我的鼻烟壶还没有乘着时间的翅膀飞走……我杰瑞米可以担保，我十分乐意帮助你们，如果……如果……你们真心觉得，一个醉得像我一样的老河马能给你们带来什么有用信息的话！"

阿兰·图威斯特对此人的态度颇有好感，于是微笑着说道："要辨别杰森是否就是自己声称的那个人，除了他的妻子，您似乎是最有发言权的人……"

杰瑞米的灰色发髻垂在额头上，他在夹鼻眼镜后斜眼看了看说话的人，然后威胁地说道："年轻人，永远别相信女人，不管是什么样的女人！女人就是地狱之门，这是众所周知的事！"

---

1 墨丘利是罗马神话中担任使者和传送消息的人物。他头戴一顶插有双翅的帽子，手握魔杖，脚穿飞行鞋，行走如飞。

然后他做了个含糊不清的手势,继续说道,"你们问我是否熟悉杰森?那当然了,他的法语还是我教的呢……那时他才这么高……"他把宽大的手放到膝盖处,"或者这么高……"然后又把手放到酒杯的高度,"也许还要再高一点……这不重要……"

他拿起啤酒杯,再次慷慨激昂地喝完一整杯,样子奇怪地眯着眼睛打量自己的同伴们,像是在尽力保持眼睛睁开的状态,然后他总结道:"但是我不太明白你们想干什么……"

"我们想请您帮忙验明他的身份,但此事必须低调,您可以巧妙地问他几个问题……"

杰瑞米·贝尔想了想,满意地搓了搓手:"我明白了……就是一个小测试。那你们走运了,我可是玩这种游戏的高手!"

"不要做得太明显。"阿兰·图威斯特强调。

词典学家严肃地上下打量着他。"年轻人,我明白,我可没喝醉!明日下午请和杰森到我家来……"说完他思索片刻,扶了扶眼镜,迷糊的眼神中突然闪现一丝清醒,"我就说有个朋友向我询问一张前线地形图!没错!我们以此为借口,就可以讨论一番……等讨论完毕,我就可以明确告诉你们是不是他!"

"那您呢,您是否也曾怀疑过他的身份?"

"老实说,我已经怀疑了好几个月了,尽管现在我相信他就是杰森。但是,人总会有判断失误的时候,作为你们的忠仆和酒神的门徒,我也一样!这是个好主意,我们需要求个心安!我以奥林匹斯山所有森林之神的名义起誓,如果他真是个狡诈之徒,我将义不容辞地揭发他……"

"看在老天的分儿上，低调点，杰瑞米！"卡明斯医生恳求道。

"看在宙斯雷霆的分儿上，你们可以相信我！"人高马大的杰瑞米猛地一拳砸在桌上，愤怒地申诉，"我就是低调的化身！"

说罢他站起身来，坚定地迈出第一步，接着的第二步已经有些犹豫，然后就开始走得跟跄跄。弗雷德·卡明斯医生赶紧过去扶他。

然而他的努力也只是徒劳。在一片愤怒而惊讶的尖叫声、杯子的破碎声和人们的抗议声中，这位令人尊敬的杰瑞米·贝尔整个人重重地倒在了一张摆满各式饮料的桌上。

第七章
杰瑞米·贝尔的小测试

杰瑞米·贝尔住在村子边缘一座带围廊的舒适矮楼里，这里的主室和他本人的风格如出一辙，空间无比宽敞，只是天花板有些低矮。但凡墙面有一丝空间，都被书架贪婪地占据；但凡地面有一平方厘米可用空间，都被家具凶猛地吞噬。书在这座房子里无处不在，它们堆满了书架和家具。这些书或被整齐码放，或被散乱放置，有的被翻开，有的呈半掩状，有的被塞满书签，还有的被挤在各式书立中。这些书立从希腊神话人物形象，到简单的花岗岩石块，样式不一而足。

"书就是我的天地。"接待客人时，杰瑞米·贝尔说教般地说道。此时老旧的时钟连续敲响了三下，像是在与沉睡的知识代表们对话，向它们通报这些闯入者的到来。

"书籍和文字，就是我的生命，"说罢他又调皮地补充道，"但是啤酒和威士忌还是得排在前面，它们是见证友谊的忠仆。如果你们愿意的话，为了这次会面，我们也可以小酌一杯，如何？"

杰森·马勒森、赫斯特警官和阿兰·图威斯特都拒绝了这个提议，不过却接受了主人事先准备好的咖啡。一刻钟后，四人开始俯身观察一幅地图。地图上画的是索姆河，各种线条如蛇形蜿蜒，穿梭在不同的城市中——苏瓦松、贡比涅、佩罗讷以及圣康坦。

"用黑底白色虚线画出的是英法联军攻击之后的前线范围，这次攻击战[1]是从1916年7月1日开始的。"杰瑞米·贝尔用粗壮的食指顺着线条边画边说，"黑色虚线画出的是1917年1月1日盟军已经掌控的范围。这看起来似乎已经很细致，只不过我的朋友依然不甚满意，他请求我画出僵持线……我亲爱的杰森，这就是我想求助你记忆的地方了……"

接下来的技术性讨论无关紧要，只是为了引出一些闲聊话题，有助于形成一种其乐融融的氛围。谈话中间穿插的各种各样的回忆、逸事和玩笑，都是为了隐藏词典学家的意图，避免引起杰森·马勒森的怀疑。现在，他又拿出了他的白兰地酒——这可是马勒森的弱点。

"你们知道吗，"他指着庄园主对其他两位客人说道，"我认识这位先生的时候，他还不到十二岁。对不对，杰森？"

杰森友好地笑了笑，表示同意。

---

1 即索姆河战役，是第一次世界大战中规模最大、伤亡最惨烈的一次战役。

第七章　杰瑞米·贝尔的小测试

"你当时明明住在隔壁村，却常常来这里。"

"我很喜欢来您家。"马勒森环顾四周，眼神里充满了怀旧之情。

赫斯特警官以及图威斯特博士目不转睛地盯着杰森，他们分析着庄园主的每一个动作、每一句话。

"这间房间里装满了书籍和宝藏，"庄园主继续说道，"您的幽默风趣，还有您跟我讲过的故事……但我可不是唯一来这里打扰您的孩子！"

"杰森，你一点也没有打扰到我！我过去就喜欢孩子，现在依然如此！比起大人，孩子们更能给人带来惊喜！而且，一般来说，那些不再给我带来惊喜的人，我也就丧失了对他们的兴趣。"

"您还通过游戏的方式教会了我们很多东西！"

"没错，这就是我的教学方法。"词典学家从夹鼻眼镜里微微掀起眼帘，回答道，"生活只是一场游戏，或是一场大戏，只不过，有些演员确实比其他人更具天赋……"

"没错。"杰森把白兰地酒杯举到嘴边回答道。

"就像某人，学法语的时候就是比别人吃力一些，你还记得吗？"

"当然了。您当时用尽了各种搞笑的办法，手舞足蹈地想教会我……"

"但是你得承认，我还是取得了一定的成果。"杰瑞米·贝尔大笑着说道，"我相信你一定还可以背出某些段落，对不对？"

"贝尔先生，在这件事上我可就没有您那么乐观了！我的记忆力远远不如您！您的记忆力就像人们说的那样……"

"我知道，我有大象一样过目不忘的本领，亲爱的，我知道。人们总把我比作这个动物，这倒没什么不好——我都开始期待脸上长出一根象鼻来！但是杰森，说到你的记忆力，有些事我确信你一定还记得，比如那个关于'四位姑娘'的谜语！"

词典学家开始用一种轻松的语气朗诵起来："草地上有四位姑娘，就算是下暴雨的时候，她们也从来不会弄湿自己。请问她们是谁？"

周围一片沉默。警官和阿兰·图威斯特任凭想象恣意，仿佛看到四位身着蕾丝罗衫的优雅姑娘，淘气地在整间房子里漫步。即便如此，两人的注意力仍然牢牢地系在马勒森身上。只见他神情淡定，终于断言："对，我记得……这四位姑娘就是奶牛的四只乳房。"

"你看吧！"杰瑞米·贝尔用掌心拍了拍额头，大声说道，"总是会留下些回忆的，只是有时候要用力摇晃，它们才会苏醒过来！我还确信，你一定还记得关于'伊索的休憩'那句话！"

那一瞬间，他们似乎看到贝尔过去的学生脸上惊慌得一阵抽搐。

"伊索的休憩？"他眼睛大睁地重复道。

"对，伊索的休憩……正在休息的伊索……"

马勒森的脸上再次泛起微笑，赶走了方才满布的疑云："正在休息的伊索,没错,我当然记得!我怎么能忘记这位伊索老先生呢?您可是把他的名字刻在了我的脑海里!"

"那么你还记得那句话吗?"杰瑞米·贝尔怀疑地询问道。

"那是句回文[1]——'Esope reste ici et se repose'[2],正反方向读起来都一样。"

"太棒了!"词典学家点着头,满意地说。然后,他指着壁炉旁的柳编篮,微笑着问道:"你还记得拿破仑吗?"

"拿破仑?"马勒森惊讶地看着这位老先生,"这我就毫无头绪了……您不是在说拿破仑·波拿巴吧?"

"显然不是!"

阿兰·图威斯特和阿奇博尔德·赫斯特交换了一个眼神,一言未发。

"拿破仑,拿破仑……"杰森·马勒森紧张地摩挲着胡须说道,"话已经到嘴边了,可就是说不出来……"

"这位老'波拿巴',戴着那顶有名的两角帽,还有伸进背心里的那只手!"

"我还是想不起来……我想我得认输了……"

"亲爱的,你已经很接近正确答案了……"

"啊!我知道了!我想起来了!那是您的猫,那时它总是在这里,就在壁炉旁边的篮子里!有一天,我把木偶上的一个两角

---

[1] 一种文字排列形式。把句子调换顺序,无论是正着读还是倒着读,意思仍然相同。
[2] 译作"伊索留在此处休息"。——译者注

帽戴在了它头上，后来您就给它取了个名字叫拿破仑，我们笑得眼泪都出来了。那只猫如此温驯，十分滑稽却又一动不动，帽子遮住了它的耳朵，它一身白毛上点缀着黑色斑点，就像皇帝的大衣！没错，它就像个皇帝！只不过是个没落的皇帝，看起来悲伤而滑稽！我们笑得上气不接下气！对我来说，这场景好像就发生在昨天……我得承认，我只知道拿破仑是英国人最喜欢的法国敌人，除此之外，我没看出这跟法语能有什么关系。"

"确实没什么关系。"杰瑞米·贝尔看着篮子温情地微笑着。要不是因为之前三人有所预谋，警官和他的朋友都差点被这个眼神给骗了。"只是看着它从前常待的位置，突然想到了这件趣事。我的好拿破仑，我真是太想念它了！"

过了一会儿，下午四点半的钟声敲响。庄园主说自己该回去了，因为有个很久未见的表弟马上就要到了。他整了整领结，套上外套，感谢词典学家的款待，又向两位伦敦来的朋友致以敬意，随后便离开了。

他匆忙的脚步声渐渐消失在街道上，时钟缓慢的嘀嗒声再次充斥了这个寂静的房间。

过了一会儿，阿奇博尔德·赫斯特发话了："我觉得，他走得有些太突然了……"

"警官先生，您总是看到坏的一面！"词典学家大笑着说，"您还这么年轻就已经患上职业病了！要我说，杰森已经成功地通过了测试！你们也看到了，他完美地答出了所有的问题！"

第七章 杰瑞米·贝尔的小测试

"他也有迟疑的时候,"赫斯特反驳道,依然一脸怀疑的样子,"您甚至还给了他提示!"

"鉴于问题的难度,这是很正常的。若是回答得太过直截了当,才会让我感到惊讶!你们想想这都过去多久了!无论如何,我可以跟你们确认,这不是个冒牌货!除非他是个无比机灵的顶尖骗子。图威斯特先生,您曾对我说,您也学过法语,是吗?"

"是的。"

"您听说过这些谜语吗?"

图威斯特摇了摇头,表示没听说过。

"只有地道的法国人或者是像我一样潜心钻研法语的人才会知道这些谜语。既然这个家伙不是法国人,我就可以认定,他只能是在我这里听过这些谜语!"

"那也不一定,"警官反驳道,"这个狡诈之徒也有可能从杰森·马勒森本人嘴里听说过这些!因为他们是朋友,又在前线共同度过了三年时光,他们有的是时间诉说自己的一生!"

"您好好想想,这猜想真是有些过头了。诚然,三年时间里他们可以互相倾诉很多事,但不可能是所有事情!除非这个骗子从一开始就计划要与他交换身份,比如从战争刚开始的时候。这样一来,我们就得考虑这或许是一桩名副其实的谋杀案了,而且是有预谋的、冷血的谋杀案!"

"我们已经想到了这样的可能性!"赫斯特大声说道。

"即便如此……"杰瑞米·贝尔摇着头反驳,"他从朋友的嘴里得知我的猫叫什么名字,这的确是有可能的。但是,那只可怜的猫戴上滑稽的帽子,引得我们发出了由衷的笑声——我不相信他能知道这些。此人确实就是杰森·马勒森。"

第八章
深渊的召唤

（一）

庄园主走后不久，阿奇博尔德·赫斯特也因故告辞。他与法尔茅斯警察局的局长约定了会面，后者可能会给他透露一些消息。

阿兰·图威斯特点燃了烟斗。杰瑞米·贝尔则抽着雪茄，深深地陷在他的扶手椅中。日光渐渐暗淡下去，阴影在宽敞的房间里越拉越长。书本和摆件在房间的各处角落里苏醒过来，在壁炉火光的照耀下，它们身上的烫金装饰开始在黑暗中闪烁起来。

"图威斯特先生，您来这里究竟要做什么？"词典学家突然问道。

"我已经告诉过您，我是应马勒森先生的邀请来到这里的。他请我来帮他解开阁楼闹鬼之谜……"图威斯特停顿片刻，继而补充道，"解开幽灵的秘密，还有粉色房间的秘密……"

"所以，您来这里是为了给出理性的解释吗？"

"也许是吧。我曾不止一次拆穿打着神秘主义的旗子招摇撞骗的人。如果真是灵异事件，我会想办法解释那些现象的意义和起因，在一定程度上也会使那些……鬼魂得到安抚。"

杰瑞米·贝尔红润的脸庞上泛起一丝微笑，他一边轻轻地抽着雪茄，一边用余光打量着自己的客人："您的工作就是解答神秘事件吗？"

"虽然我在这件事情上可谓是倾尽全力，但幸运的是，我还有一笔小小的年金收入。我得承认，这门科学几乎没法养活任何人！"

"所以您做这份工作完全是出于热爱？"

"可以这么说。"

"在这些神秘事件中，您究竟在追寻什么呢？您曾想过这个问题吗？"

"没怎么想过。也许，是一种未知的诱惑吧。实际上，我从小就对这些事充满了热情。我从开始记事的时候起，就一直很喜欢那些难解之谜。"

"难解之谜就像高等妓女，喜欢她可是件危险的事。图威斯特先生，您要小心一点！她拥有致命的吸引力，魅惑的香水味让男人们沉醉其中！她令他们兴奋，让他们永浴爱河，成为她魅力的俘虏，可她从不会完全展示自己的神秘！"

阿兰·图威斯特的眼里闪过一丝狡黠的光芒："贝尔先生，

第八章　深渊的召唤

这么说，您对此好像很了解？"

"也许吧。因为我是文字爱好者，这两件事在本质上并无太大区别。它是一项引人入胜的调查，与侦探工作有些许类似——在一条又一条线索、一份又一份证词的指引下，顺藤摸瓜地找到罪犯。并且，如果你想要找到事情的起源，还得走过迂回曲折的道路。为了揭开谜底，我要穿越时空，去询问那些不再言语的逝去之人，我要找到那些拉丁人、古希腊人，甚至走得更远。在文字的世界里，神秘而厚重的谜底深藏在人类的过往之中。这是一个名副其实的迷宫，一开始的时候我们愉悦地进行探索，但最终都会宿命般地迷失其中。我们的疑问会越来越多，越来越难以攻克。我必须承认，我已经在这黑暗的曲径中迷了路。时至今日，我已步入晚年，却依然在寻找光明。所以我要提醒您，这是个恶性循环！一件谜案后总会紧跟着另一件谜案，如此反复，没有尽头！而且，您看您才刚来不久，手里就有了两件未解之谜，然而第三件谜案已然来临：那就是庄园主的身份问题。"

"但这件事现在已经明确了！"图威斯特愉快地大声说道，"多亏了您的帮助！"

"今天确实已经明确了，但是明天呢？而且，还有很多问题没有得到解答，很多奇怪的现象等待解释。我可以向您保证，这里最不缺的就是奇闻逸事！如果您想对发生在莫顿伯里的所有怪事做出解释，那我可以直接告诉您，您可有的忙了！近几年来，我们这个村子里就曾发生过好多起诡异的突然死亡事件，也许您已经有所耳闻了。"

图威斯特讲述了他所知道的相关信息,并提到了关于发出死亡尖叫的海妖的神秘传闻,以及村民对那位离群索居的牧羊女产生的怀疑。

最后这一点突然一语惊醒了词典学家:"我知道这件事,但这根本就是胡说八道!这位年轻姑娘之所以有时会发出尖叫,正是因为这些人,因为这些蠢货!他们对她极尽嘲讽之词,甚至会在喝醉的时候打骂她!有好几次我都不得不出手把他们发走!这些畜生!但是跟几头驴能说清什么道理呢?最终,她开始害怕所有人!所以,她有时才会发出尖叫声!"

"她叫什么名字?"

"英格丽德。她是伊恩·尼尔森的女儿。伊恩是附近的一个牧羊人,二十多年前就过世了。实际上,他的坏名声源自他的妻子海拉。海拉当时确实患上了癔症,但据我所知,她从未做过什么伤天害理的事。只是因为她的尖叫声和易怒的个性,人们就把她看作危险的海妖。而且,她在很年轻的时候就死于难产,甚至比她的母亲去世得更早。她的母亲也曾引起同样的质疑,因为她身上具有某些海妖的特质……但这又是另外一个故事了。

"无论如何,这些愚蠢的谣言都深深毒害了年轻的牧羊女,虽然我并不觉得她过得有多么悲惨。英格丽德聪明伶俐,能够领略到生活的真谛,也懂得欣赏生命中最本质的东西。这也是她选择了跟父亲一样的职业,继续放羊的原因……"

第八章　深渊的召唤

"所以，她不像人们说的那样，是个愚蠢而弱智的野蛮女人？"

词典学家的脸上蒙上了一层不快的阴影。"当然不是！"他双臂举向天空，大声吼道，"这些蠢货，他们只能看到事情的表面！况且，我本人就曾承担对她的教育，她怎么可能是个弱智！"

阿兰·图威斯特难以掩饰自己的惊讶。

"没错，就是我本人。"老人用拳头拍着胸脯继续说道，"伊恩·尼尔森是个忠厚老实的家伙，但是除了他的羊群，他什么都不懂。在妻子去世几年之后，他也撒手人寰，是他年迈的母亲继续抚养幼小的孙女。小女孩在学校里备受排挤，不想去上学，所以我就开始负责她的学业。那时候，她每个下午都会来这里。我可以告诉您，她一点都不蠢。比起某些村民，这个小女孩可强多了！"

"这还要多亏了您的教导！"

"我很难否认，虽然这么说很不谦虚。"杰瑞米·贝尔脸上带着难以掩饰的骄傲，"但是，图威斯特先生，您得去见见她。她一个人住在山坡上，就在她父母的农场里。我相信，能与您这样的人说话，她一定会感到很高兴的。"

"希望她不要用尖叫来迎接我就行。"

"重要的是，您得听到尖叫才行……"

"您可能是想说，希望我听不到吧？"

"不，要是这样的话，反而意味着您的死亡……"

图威斯特皱着眉头，陷入了沉默。

"我恐怕不太明白，"他终于说道，"海妖的尖叫到底是致命还是不致命……"

词典学家也一脸困惑地转头看向客人："年轻人，我刚刚已经跟您说过了。但我觉得您好像对海妖不太了解，且听我跟您解释……"

（二）

与此同时，在庄园宽敞的客厅里，马勒森夫妇正围坐在火炉旁。杰森点燃了一支烟，紧张地吐出一小口烟圈。莉迪则轻轻靠在丈夫的肩膀上，若有所思地凝视着炉膛里的火苗。

"你觉得他还会来吗？"她突然问道。

"我上哪儿知道呢？我跟你一样都看了他的信，信上只说会在今日茶点时刻到达，其他的我就不知道了。"

"已经快六点了，我们就这样苦等，你不觉得有些愚蠢吗？他很可能有事耽搁了，或许要到晚上，甚至明天才到呢。你们也不差这一天时间。说实话，你有多久没见到你的表弟了？"

"应该已经超过十五年了。上一次见面的时候，我们大概十二岁。威廉·卢卡斯和我是同龄人，我们都是1895年出生的。"

"你们是表兄弟吗？"

第八章 深渊的召唤

"是的,而且他是我仅剩的亲人了,我们的长辈都已过世。我的父亲跟我一样是个独生子,而我的母亲只有一个妹妹,她嫁给了一个美国人,也就是卢卡斯姨父——卢卡斯是他的姓,我这样叫他是因为这种叫法听起来很美式。总之,威廉是我唯一的亲人。"

"噢!"莉迪的眼神落在丈夫的脖子上,突然惊叫起来。

"怎么了,亲爱的?你怎么跟看见鬼了一样?"

"杰森,你的领带!跟你的外套完全不配!墨绿色和蓝色!你戴领带的时候是怎么想的?"

"我不知道……但我总不能现在去换了吧?"庄园主反驳道,语气里有些愠色。

"杰森,我都认不出你了!你今天出奇地紧张!是因为表弟的到来让你如此紧张吗?"

"也许吧……"

两人陷入沉默,过了一会儿莉迪突然问道:"不过,他这次来拜访只是出于礼貌,还是有什么具体原因?"

"为什么这么问?"杰森一脸不解地看向妻子。

"因为……因为我觉得有点奇怪,仅此而已!你们许久未见,现在他却突然出现……还有那个图威斯特先生!"

"他来这里是出于别的原因,你很清楚这一点!"

"好吧。可是短短几天之内就来了两个陌生人,平常我们一整年都几乎见不到什么人!"

"你这是在责备我吗？"

"不，杰森，这不是责备！"她突然站起来说，"但这些事把家里搅得鸡犬不宁，你应该也感觉到了吧？我们不习惯这样！你、我，还有埃德加，我们都一样！"

杰森一副若有所思的样子。他打开烟盒，平静地说："关于威廉表弟，他来这里也许并不是单纯地为了维系亲属关系。他最近继承了他父亲在丹佛北部的田产，我猜想，他是想把我从我父母那里继承来的田产合并到一起，因为两家的田产离得不远，这样他就拥有了一大片田地。但是，也可能是我想得有点多……到时就看他是否会提起这个问题吧。——不过，亲爱的，关于你自己的表弟，我的看法就更加明确了：他就是个一事无成的家伙，这么多年只会在我们的庇护下生活！"

莉迪的脸色变得更加苍白了："杰森！你怎么能这么说话？埃德加是个如此脆弱的男孩……如果让他自生自灭，谁知道会发生什么？照顾他是我们的责任！"

"他毕竟也是个二十三岁的人了！几乎是个男人了！他整天不是在乡间游荡，就是呆呆地看着大海，应该要好好历练一番了！"

"你明知道，他是在寻找写作的灵感！"莉迪颤抖着回答道。

"我在他这个年纪的时候，也曾游荡在田间，但却是出于别的原因。我的双脚踩在淤泥里，留在那里也是情有可原……"

"可是……亲爱的，你怎么突然变成这样了？"

第八章　深渊的召唤

"这个问题你该去问问他,因为我觉得他实在是有些奇怪!不过,他一直都很古怪。他从来不会正视我的眼神,像是被我吓到了一样!而且,我们跟图威斯特教授一起去楼上的粉色房间时,埃德加的态度也让我很纳闷……"

莉迪沉默片刻。她呆呆地看着火炉,在这几秒钟的间隙里,几乎一动不动。

"这不是很正常吗?"她突然说道,语气已经变了,"他知道这里曾经发生过什么……也知道正在发生什么……"

"也许吧,但是他本可以换个态度。我特地请来这位伦敦的专家,就是为了把这个谜案弄清楚。然而,我最起码可以说,埃德加没有做出任何努力来进行配合!他逮到机会就溜走了!但是他的证词是十分重要的,你的证词也是!因为只有这样才能证明,我不是在做梦,我不是个疯子!莉迪,你明白吗?"

这位一家之主不自觉抬高了嗓音。莉迪死死地盯着他,一脸的震惊。

"杰森,你这是怎么了?最近这段时间,你似乎很不正常……我感觉,你好像在害怕什么……可是你到底在怕什么呢?"

"楼上的那些脚步声——你难道就不担心吗?"他用颤抖的食指指向天花板,大声喊道,"我们听到这些声音已经有好几个月了!他是谁?在找什么?他想从我们身上得到什么?"

莉迪没有回答,而是低下了头,再次凝视着壁炉里的火苗。那一头柔软亮丽的乌黑长发在火光中映出紫红色,为她美丽的脸庞平添了一丝不同寻常的色彩。然而，她清冷的蓝色眼眸里没有任何光芒。

长久的沉默后，莉迪问道："说起来，埃德加去哪里了？刚刚他不在房间里。吃过午饭后，我就再也没见过他……"

（三）

"那是让人寒彻心扉的叫声！极为残暴，极其尖锐，是人们能想到的最为凶恶的声音！人们说海妖的叫声让人非常难以忍受，哪怕是在暴风雨的晚上，船上所有船员都宁愿从甲板上跳下去！"

杰瑞米·贝尔的语气十分阴森，似乎红润的脸上流露出的担忧还不足以表明其恐怖的氛围一样。

"没人知道这个海妖是谁。"他用说教的语气继续道，"有人说这是个面无血色的女人，会用一把破梳子梳头，当她发出尖叫声时，她的脸庞会变得十分骇人；有人说这是种海里的生物，只为宣告某人的死期而上岸；还有人说这是条会飞的美人鱼，会突然出现在云霄之中，带着同样诡异的意图。但是，他们无一不认同一件事，那就是她总是预示着死亡。那些没有听到她的叫声的人会无药可医，最后死去。

"一般来说，这些事总是发生在月光明朗的深夜。比如，几个酒伴正要离开客栈，突然听到一声尖锐的叫声打破了夜晚的宁静。其中一人说道：'兄弟们，你们听到了吗？'另一人回答：'听到什么？'第二天，没有听到声音的人就会在悬崖边上摔下自行车暴毙，或是因为其他事故而身亡。有时候，尖叫的海妖会针对特定的人群，比如一家人，或是某个地方的所有居民。在莫顿伯里，克兰斯顿一家人就遭遇了这样的情况。"

阿兰·图威斯特聚精会神地听着老人的讲述，后者深陷在他的扶手椅中，安静地抽着雪茄，眼神不时地从夹鼻眼镜里瞟出来。

"在我的记忆中，总有人在谈论村里的这只海妖。人们总是或多或少地听到过她的叫声，甚至有些人在走出酒吧醉得天旋地转的时候瞥见过她也说不定。但人们对她的描述不尽相同，也十分模糊。我已经告诉过您，因为伊恩·尼尔森一家人，尤其是他的妻子海拉，也就是英格丽德的母亲，因为她那瘆人的尖叫声，关于海妖的描述才变得清晰起来。而这一切的源头，还要归结于海拉的母亲玛莎，因为海拉的尖锐叫声是从她那里遗传的。人们还传说玛莎是个不知检点的女人——这一切是真是假，我不得而知，我只是听过一些关于她的传闻。据说，她出生在地中海的一个岛上，是西西里岛还是马耳他岛，我已经记不清了。她的性格像拉丁人，说话的时候嗓音很尖，极具特色。她的丈夫是个脾气温顺的渔夫，当她对自己的丈夫发火时，人们在老远的地方都能听得到。有人给她取了个外号叫'发出致命叫声的美人鱼'，这个外号一直流传了下来。话说，她本就是个漂亮的女人，年近五十，风韵犹存。

"那件事情发生在这个世纪初，当时玛莎还没有住在尼尔森农场，而是在村头的一个小房子里。那时的她刚刚失去了自己的丈夫，是个亟需安慰的寡妇。有几次，人们看到她和查尔斯·克兰斯顿爵士在一起，您知道的，就是莉迪·马勒森的祖父。他是村子里最有威望的人，一个已婚男士竟然和一个贫寒渔夫的寡妇在一起！于是村民开始嚼起了舌根。不仅如此，曾有人在村子外看到他们在一起，甚至还听到了某些叫声！玛莎的叫声从灌木丛中传出，简直不堪入耳……然后，就发生了衣柜倒下、出轨情书被发现的事，这便坐实了人们的猜想。

"海妖是在第二天晚上发威的，就在小客栈里。虽然声音并不大，但坐在窗边的人都听到了她的叫声。所有人都听到了，除了查尔斯·克兰斯顿爵士。"

杰瑞米·贝尔停顿了一下，老庄园主的名字似乎在寂静的房间里回荡，火苗在壁炉里发出微弱的噼啪声。然后，他用低沉的嗓音继续说道：

"从那时开始，查尔斯·克兰斯顿爵士的生命就只剩下了几个小时。当天夜里，他死得极为离奇！您不妨听听看……"

第九章
海妖的杀戮

（一）

年轻的诗人在悬崖边漫步，一头金发和白色围巾在风中飞扬。天边的云彩互相追逐，天空渐渐变得阴暗。他竖起衣领，双手插兜，低头看着自己的鞋子，脚下就是令人眩晕的万丈深渊，海面上传来骇人的声音。

海面的阴暗色调和氤氲的水雾正是他心情的完美写照。他对自己的未来一无所知，只知道前途一片灰暗。人间的欢愉稍纵即逝，令他感到痛苦万分。快乐是一把双刃剑，伴随它而来的便是懊恼。也许，快乐终将消散，懊恼却将伴随一生。

他的脚将带他去往何方？是脚下的漩涡吗？活在这个世上到底有什么意义？他是否做过任何有意义的事？人们都说，每个人在世都有自己要扮演的角色，他多么愿意相信这句话是真的。

在纸上随笔涂鸦，流下苦涩的泪水，倾注无尽的哀伤，抒发自己的情感，他只会做这些。可就连在这些事情上，他也称不上才华横溢，因为他是自己唯一的读者……

伦敦的访客搅乱了枯燥的日常。他看起来和蔼可亲，但是那双蓝色眼睛像是能看穿人的灵魂。图威斯特博士是否能看穿他的灵魂，还有莉迪的灵魂，以及杰森的灵魂？

泪水模糊了清澈的双眼，他苍白的嘴唇颤抖着，如同风中飘忽不定的火苗。他觉得人生没有任何意义，如果再这样毫不反抗地活下去，他很快就会追随先辈的脚步，被杀人的海妖带走，卷入命运的洪流，葬身无底深渊。

那是一片暗绿色的深渊，湍急的水流卷起无尽的泡沫，正如同脚下的这片深渊……也许，它更能理解他的才华和他的悲哀……

（二）

"那天晚上，查尔斯爵士魂不守舍。"杰瑞米·贝尔大声说道，一脸沉思的样子，丝毫没有注意到雪茄的烟灰落在自己的开衫上，"他也许彻夜未眠，因为前一天晚上，他与妻子的争吵似乎持续了整整一夜。查尔斯爵士与洛蒂原本是一对恩爱夫妻，看起来十分幸福。他出轨的行径被撞破后，洛蒂伤透了心，而查尔斯爵士依然深爱着自己的妻子。他坐在客栈窗边的角落里，朋友

第九章 海妖的杀戮

们围成一圈，试图安慰他，让他重振精神。大家都认为他是受害者，自然，查尔斯出轨行径的罪责最终都落到了他的情人身上。大家都在窃窃私语：这个海妖，一个渔夫之妻，一定是她给查尔斯下了咒。"

"当时坐在吧台边的我也听到了几句喊叫，声音是从外面传来的。到底是叫声、呼喊还是呻吟，我已经记不清了，总之声音不是很大。查尔斯爵士周围的人也都察觉到了，唯独他没有听到。

"当时并无任何异样，他带着忧郁的心情早早离开了客栈，所谓借酒浇愁愁更愁，他兴致索然地喝了几杯，并没有喝醉。接下来发生的事，我没有目睹，但是有两个客栈的常客一直等到客栈关门，才起身回家。他们经过庄园附近的时候，听到了十分刺耳的叫声，紧接着他们突然瞥见查尔斯在没命地往塔楼跑，仿佛死神在后面追赶他。他急急忙忙、跌跌撞撞地一路跑到塔楼入口。那两人吓得不敢动弹，片刻之后就看到查尔斯出现在塔楼最高处。当时，尖叫声再次响起，黑暗之中突然冒出一个影子。虽然当时天空中乌云互相追逐，不时地掩住月亮，然而月光还是能照亮周围，因此，他们清晰地见证了那件恐怖的事。尖叫声越来越大，可怜的人在危险的高处艰难自卫，那上面几乎没有护栏。那长了翅膀的东西最终把他推了下去。查尔斯掉到了塔楼底下，摔断了脖子，瞬间就没命了。

"好些村民被尖叫声所惊扰，来到了那两位朋友身边。其中有几个马上冲进了塔楼,准备去驱逐那邪恶的生物,但它早已消失得无影无踪,很有可能跟来的时候一样,是从空中飞走的。查尔斯爵士没有穿外套,只穿了一件衬衫和马甲,浑身都是与怪物搏斗后留下的累累伤痕。他的脸颊被撕破,脖子遍布抓痕,手臂上血迹斑斑。没有人能对这次野蛮的袭击做出合理的解释。这一次,致命的海妖现了形,并且留下了切实证据证明了她的存在——一具伤痕累累、摔得七零八落的尸体。"

阿兰·图威斯特缓缓点了点头,脑海中浮现出那座塔楼。他完全能想象词典学家刚刚描述的画面。

"故事到这里还没有结束。"杰瑞米·贝尔突然站了起来,扶手椅发出吱呀的声音,他继续说,"六年之后,轮到了他们的独生子朱利安,他也成了海妖手下的冤魂!查尔斯去世几个月后,洛蒂也随他而去。在惨剧发生后,洛蒂已经如同行尸走肉,所幸她的独生子是在她去世后才遇害的。我再次提醒您,朱利安就是莉迪的父亲,这么说可能有些不准确,因为莉迪是被收养的……"

阿兰·图威斯特有些惊讶。杰瑞米边说边向他投来奇怪的眼神:"她在很小的时候就被收养了,因为她的父母,也就是朱利安和玛丽,他们无法生育。这其实是个非常复杂的故事,我就不展开来说了。我们可以就这么认为,莉迪就是克兰斯顿家族的一员,是她父母名副其实的女儿。总之,这对接下来即将发生的事没有任何影响。——莉迪的父亲死的时候,她才十二三岁。比起查尔斯爵士,朱利安的死称不上离奇,但也同样令人费解……"

阿兰·图威斯特看到一丝微笑爬上这位老词典学家的嘴角。杰瑞米清了清嗓子,继续说:"朱利安一点也不像他的父亲。他是个拘谨沉闷的家伙,长了一张苍白阴郁的脸,几乎从不出门。但是那天晚上,朱利安跟一群朋友从飞镖客栈出来,他们刚刚庆祝完某个朋友的生日,看起来似乎十分高兴,甚至有些兴奋。然而,正当他们半醉半醒地走在路上时,周围突然响起了刺耳的叫声,仿佛是一群看不见的鸟在袭击他们,他们马上就被吓醒了。他们什么都没有看见,但所有人都听见了叫声……除了一个人,那就是朱利安·克兰斯顿。他的悲剧命运也就此注定。第二天,他在悬崖边散步时不慎失足摔死。这一次,警方详细盘问了证人,向他们了解叫声的来源和性质,但最终也没能查出结果。为何只有朱利安一人没有听到这些叫声?唯一的解释就是,海妖再次出手,把第二位克兰斯顿家族成员带入了死亡陷阱!"

(三)

这天晚上,阿兰·图威斯特在客栈里独自享用晚餐,品尝着威士忌。词典学家讲述的离奇事件在他的脑海里挥之不去,他不禁想,那位思维缜密的警官对此会有何看法。得知警官将会晚归,他便一直候着,每当大门被打开时,总要下意识地看一眼。

他已经能辨认出客栈的常客,可以毫不费力地看出哪些是新来的人。

现在这个进来的人显然是个新客。他提着不少行李,眼神里没有客栈常客的那份淡然,看起来有些不快,甚至是焦虑。他大概三十岁,身材算得上是高大,姿态高贵,嘴唇上翘起的两撇胡须格外显眼,一头亮眼的红发与优雅的蓝色苏格兰西装形成鲜明对比。

客栈里餐桌密集,烟雾缭绕,无忧无虑的人们抽着烟斗热切地交谈,还不忘随时喝上一口啤酒。他艰难地绕过餐桌和正在交谈的人们,最后在阿兰·图威斯特旁边坐了下来,因为只有这里还有几个空位。

他点了一杯啤酒,紧接着向老板询问是否还有空的客房。阿兰·图威斯特心想,莫顿伯里这个偏远的村庄竟能引起这么多游客的兴趣?几天之内,不仅招来了阿奇博尔德·赫斯特和他自己,现在竟又来了一个陌生人,这着实不一般。陌生人又问客栈老板马勒森夫妇是否在家,图威斯特马上就想到庄园主提到的那位很久未见的表弟。当客栈老板给出了肯定回答时,陌生人一脸惊讶。此时图威斯特主动搭话,表示愿意提供帮助。

他的直觉没有错,此人正是庄园主的表弟威廉·卢卡斯。他抱怨自己在庄园吃了闭门羹,并对此感到十分意外,因为杰森早就知道他会来。图威斯特也表示十分惊讶,因为下午他还跟杰森交谈过。杰森早早离场,为的就是接待即将到访的表弟。

第九章 海妖的杀戮

威廉·卢卡斯抿了抿嘴唇，继而说："我确实是迟到了一会儿！我的出租车出了故障……杰森可能以为我不来了！"

"即便如此也还是有些奇怪……您有没有多按几次门铃？"

"有的！"威廉·卢卡斯狠狠点头道，"我在门前的台阶上等了好一会儿，一直在按门铃！您想想，我与杰森上次见面还是在少年时代。我带着众多行李站在那里，心里想着他是否还能认出我来。看这庄园如此之大，也许他们在屋子深处，听不到有人在按门铃吧！但是，我等了一刻钟，依然没有人开门，最终只能放弃，我觉得他们应该是不在家。也许他出去散步了。"

"这个点出去散步？外面风还这么大，"阿兰·图威斯特瞥了一眼灰蒙蒙的窗户，"应该不太可能……而且，您或许也知道，庄园里还住着其他人。无论如何，一定是发生了什么事。您最好还是在这里等一会儿，然后再回去看看。"

威廉对图威斯特的建议表示赞同，这确实是最明智的办法。他慢慢安下心来，一个小时之后，似乎已经完全忘记了焦虑。客栈大厅弥漫着愉快而热烈的气氛，这似乎让他十分放松。威廉是个不错的同伴，活泼而健谈，当他透露自己是推销员时，图威斯特丝毫没有感到意外。

"不过，"威廉又解释道，"我现在已经不干那个了！因为就在不久前，我成了农场主！这只是顺理成章的事，因为我继承了家族企业。显然，这更加有利可图，比起……等等，我给您看看，我这里还有一些存货……"

他边说边俯身从行李袋里掏出一个装饰精美的盒子。他打开盒子，从里面抽出一条长长的棕色半透明织物，然后把它放在衣袖上摊开，动作轻柔而缓慢。

　　"优雅女人只穿盖伊牌长筒袜！盖伊牌长筒袜选用天然蚕丝织成，当然，也有用棉线的款式！穿上盖伊牌丝袜，女人就会魅力四射，简直赛过美人鱼！多漂亮啊，对不对？想象一下，这光滑的丝袜包裹着纤长的腿……您要买吗？我可以给您一个好价钱……"

　　"买来干什么？"阿兰·图威斯特惊讶地问。

　　"当然是送给您的太太！"

　　"我还没结婚。"

　　"那就送给您的未婚妻。"

　　"我没有未婚妻。"

　　推销员皱起眉头，一脸怀疑，然后低声问道："难道连女朋友都没有吗？"

　　图威斯特遗憾地摇了摇头，威廉·卢卡斯又继续说："您再好好想想，每个男人心中总会有那么一个女人……"

　　阿兰·图威斯特的蓝眼睛里闪过一丝狡黠的光芒："对，您说得没错……现在我想起来了……"

　　"啊！这就对了嘛！我敢肯定，没有什么比盖伊牌长筒袜更能讨她欢心了。"

　　"也许吧。不过有个小问题，她应该穿不了。"

第九章 海妖的杀戮

卢卡斯惊讶得瞪大了眼睛："为什么？难道她……怎么说呢……是因为她的腰有些粗吗？您要知道，盖伊牌丝袜很有弹性……"

"噢，不是腰的问题！她的腰很细！是大腿的问题……"

"大腿？"

"是的，她没有大腿……"

"噢！我的天！"卢卡斯大惊失色，"我猜，是因为她小时候出了事故，对吗？这种事真是太可怕了，我有个朋友……"

"先生，您猜错了。我的朋友没有大腿，只有一条尾巴。"

"尾巴？"

"没错，尾巴，一条鱼尾巴——因为她是迷人的美人鱼！"

卢卡斯的脸阴沉下来，紧接着又赔笑道："您可把我给骗惨了！"

"您知道吗，"阿兰·图威斯特继续说，"我敢肯定，她不会喜欢这些长筒袜，毕竟您刚才也说了：盖伊牌长筒袜，让女人'赛过美人鱼！'所以，请您理解。实在抱歉，威廉先生……啊，我看到我的朋友赫斯特警官了，他也许会对您的长筒袜感兴趣……"

卢卡斯又向阿奇博尔德·赫斯特推销起来，但赫斯特警官对此展现出的热情甚至不及图威斯特。显然，推销员给出的高昂价格令他望而却步。然而，当图威斯特向他介绍卢卡斯时，警官十分惊讶，似乎很高兴能认识马勒森的表弟。图威斯特发现他本就

087

自然红润的脸颊泛着不同往常的红晕,不像是被夜晚的凉风吹出来的,整个人表现出难以掩饰的兴奋。

阿兰·图威斯特觉得,警官对威廉·卢卡斯表现得有些过于热情和关注。

警官向卢卡斯提出了许多关于马勒森的问题,末了又问:"那么,您是他唯一的血亲了?"

"没错,我是他唯一的直系血亲了,这点毫无疑问。"

"这么说,您一定很了解他!"

"在孩提时期,我们很熟悉,也经常见面。但这么多年过去了……"

"那太好了,希望我们能有机会聊聊你们过去的事……"

威廉·卢卡斯礼貌地表示并不介意,同时又掏出怀表查看时间。

"老天!"他皱起眉头大声叹道,"已经晚上十点了!时间过得真快!我去看看杰森回来了没有。"

威廉·卢卡斯离开客栈以后,赫斯特的脸上依然保持着斯芬克斯式的神秘微笑。

"我感觉您查到了一些新消息。"阿兰·图威斯特和善地说道,言辞之间是难以掩饰的好奇。

"确实。我去见了法尔茅斯警察局局长斯托斯伯格,从他口中得到了不少有用的消息。"

"关于杰森·马勒森的吗?"

警官点点头:"是的。我告诉您吧,警方早就怀疑他是个冒牌货了。"

"这并不奇怪,村子里的流言蜚语肯定已经流传到警方的耳朵里……"

警官红润的脸上流露出会心的笑容,精心梳理的一缕头发突然掉落在额前,他继续回答:"现在我们完全有理由相信,这些怀疑都是有依据的!因为,我刚刚知道了一些细节,足以证明这个家伙并非真正的杰森·马勒森,很有可能就是他的战友帕特里克·德根——根据法国警方的消息,那是个臭名昭著的骗子!"

第十章
牧羊女

（一）

第二天下午，阿兰·图威斯特去了克兰斯顿庄园。他心事重重地看着低沉的云层掠过莫顿伯里。阵阵狂风呼啸而过，像是努力想把云层驱散，然而只是徒劳，乌云层叠如絮，一眼望不到尽头。

此时，他的调查也如同这阴云密布的天空，看不到光亮。疑点越来越多：幽灵的脚步声、粉色房间的秘密、海妖的诅咒，还有庄园主那令人生疑的身份，一切变得更加诡异莫测。他那位警官朋友设计的策略看起来似乎没有错，但是直觉告诉他，事情只会变得越来越复杂。

他沿着石子路穿过松林，思考着人们对马勒森的猜疑。据警官昨晚所说，这些怀疑很有可能是真的。

杰森·马勒森从战场上回来以后，当地警方曾经怀疑他是个

第十章 牧羊女

冒名顶替者。当时坊间流传着各种谣言,所以他们进行了一项秘密调查。第一个离奇之处是他与他的朋友长得如此相似,两人在战争期间几乎形影不离;第二个离奇之处是他的朋友是在战场殒命的,在这种情况下,冒名顶替一个人并非难事。然而,伊普尔运河附近的泥泞战场让调查陷入了僵局。他的朋友死在了这场惨绝人寰的战斗中,却没有任何目击者;不仅如此,暴风雨摧毁了所有军事档案,包括他们的指纹信息;更加不幸的是,他们的民事档案也在一场大火中灰飞烟灭——战争刚结束不久,他们所在的市政厅就遭遇了一场原因不明的大火。这场火灾和战火摧毁了一切,根本不可能再通过指纹来鉴定他们的身份。

马勒森脸上丑陋的疤痕,是战争留给他的纪念,同时也是让人们对他起疑的因素之一。当然,已经牺牲的那位"帕特里克·德根",他的性格也是很重要的因素之一。这个唯利是图、不知廉耻的法国人,曾因多起诈骗案被法国当局通缉。然而,战争持续了多年,人们理所当然地认为他已经在战场上命丧黄泉,所以他所犯下的那些恶行也逐渐被人们遗忘。在法国,已经没有人会深究他的罪行了。在英国也是同样的情况。总而言之,没有任何人指控杰森——马勒森家族没有任何人提出控告,就连他的妻子也不曾有任何怀疑。他们曾派出一位调查员,隐晦地盘问过他的妻子,但却一无所获,马勒森夫人似乎对她的丈夫很满意。所以,调查事件的结果最终被归档为单纯的流言,而流言的起因则被归结于他脸上的疤痕,以及他在战壕里养成的一些不同以往的新习惯。

这便是警方在马勒森回来的那一年进行秘密调查后得出的结论。不过，斯托斯伯格局长还给赫斯特提供了一条关于诈骗犯帕特里克·德根的具体信息。对局长来说，这条信息似乎并不起眼，但只要对此事略知一二的人，尤其是赫斯特警官，就会觉得这条信息属实令人生疑：帕特里克·德根是个象棋高手！而现实就是，杰森·马勒森在战前只是个平平无奇的棋手，蹊跷的是，他回来之后就摇身一变，成了象棋大师！

对阿兰·图威斯特来说，这个细节至关重要。而且，他还记得当初他在客厅向庄园主人提议下棋时，后者那难掩局促的神情，更别提其他的怪异举止了。当初的层层疑云如今几乎变成了确定的事实，一系列事件的巧合似乎都指向了这个冒充者。他能避开老杰瑞米·贝尔设下的陷阱，只能说明一件事：帕特里克·德根确实是个老奸巨猾的骗子！他在1915年遇见杰森·马勒森的时候，就已经开始筹备策划这件事。他为何能说一口流利的法语，又是如何混进英国志愿军里，这些都已经不足为奇了，因为他本就是个法国人！无论如何，一项更加深入的调查亟待展开。斯托斯伯格局长承诺将会尽快联系法国警方，以便收集更多关于帕特里克·德根的信息。

赫斯特向图威斯特说完这些事后，威廉·卢卡斯又回到了客栈来取行李。他终于见到了自己的表兄，之所以之前迟迟没有人回应，是因为杰森带着妻子暂离庄园，一起去找埃德加了。他们

第十章 牧羊女

以为埃德加失踪了，不过最后又找到了他。赫斯特向卢卡斯道了晚安，还不忘提醒他，希望能尽快与他聊一聊。

没错，赫斯特想把警方的计划告诉这位表弟，然后故技重施，就像杰瑞米·贝尔所做的那样，对杰森·马勒森进行一次新的测试，问他一些关于童年的私人问题，而且这次不用遮遮掩掩，可以明目张胆地提问。因为警官想向案件的主要人物挑明情况，然后对杰森进行正式审问。如果这次测试能顺利完成，应该就能让这对夫妇从实招来。不过在此之前，警官认为图威斯特最好能去试探试探杰森的妻子，因为莉迪·马勒森应该比任何人都更容易认出这个冒充者。

阿兰·图威斯特登门的时候，来开门的人正是女主人莉迪。她把博士请进门，然后告诉他，她的丈夫和来做客的表弟去附近散步了，这对图威斯特来说正是个千载难逢的好机会。他环顾四周，看到墙上那塞满书籍的书架、囚禁在玻璃瓶里的帆船模型，还有那玛瑙棋盘——上面的棋局似乎没有任何进展。他再次感受到这间房间固有的沉重氛围。马勒森夫人似乎也受到了这种氛围的影响，她看起来面色凝重。不过，当博士提起威廉表弟兜售的盖伊牌丝袜时，沉重的氛围马上就被打破了，女主人的嘴角甚至泛起了一丝微笑。

"自然，我也没能幸免！"她转过身，一双蓝色眼眸朝图威斯特看过来，"我想，他手里应该还有不少库存，到最后他还送了我几双。"

"我可没这么幸运!"

"埃德加也是!这个可怜的孩子,他最后甚至发起火来!我想,对卢卡斯先生来说,吹嘘一个产品的优点并享受辩论的过程,已经成了一件自然而然的事,甚至是一种乐趣。而且,他并非死缠烂打,反倒颇为风趣。但是埃德加可没什么幽默感,尤其是在这种事情上……"

"在盖伊牌丝袜这种事情上吗?"

"在送女人丝袜这种事情上……"莉迪解释道,脸上又泛起一丝微笑。

"我猜,卢卡斯先生肯定试图让您的表弟承认他有个未婚妻或者情人,是吗?毕竟他就是这么来劝说我的。"

莉迪·马勒森把手伸向帆船模型,像是想要把它摆正,但又突然改了主意似的。

"是的,"她说道,"就是这样。但是埃德加非常激动地否认了这件事,最后甚至发起火来,摔门而去。威廉显然有些吃惊,因为他根本就是在开玩笑,还以为埃德加也明白了这件事……但他不知道,埃德加因为一些事……导致心情非常苦恼……"

"因为幽灵事件吗,还是我们去阁楼探查的事?"

莉迪·马勒森咬紧了嘴唇。图威斯特忍不住仔细欣赏了一番女主人精致的脸庞,那一头光洁柔顺的头发,还有那略深的肤色,在漫不经心处衬托出她的美丽。

"没错,我想就是因为这些事。"她说道,"而且昨天晚上,

第十章　牧羊女

他可把我们给吓坏了。当时我们正静候威廉的到来，突然意识到埃德加不见了。我们找遍了整个庄园都没找到他，于是我们便出门去寻他了……"

"卢卡斯先生正是在那时到达的。当然，也正是因为这件事，我才得以在客栈结识他，才知道盖伊牌丝袜是世界上最好的丝袜。"

"最终我们在悬崖边找到了他，"女主人面容沉重地说，"简直历尽了千辛万苦！他竟在那个最危险的地方，就在我父亲不慎坠崖身亡的地方……风灌进他的大衣，我们担心他随时都有可能会被一阵狂风带走！我们叫了他好几次，但是他都没有听到。最后，他终于听到了，用最自然的语气问我们为什么看起来一脸忧虑……可我不是那么好骗的，他……他……"

莉迪·马勒森的声音渐渐微弱，在客人无声的问询中，她又继续说道："他一副萎靡不振的样子，也许是犯了神经衰弱症，不幸的是，他经常处于神经衰弱的状态中……"

"您的丈夫和他相处得好吗？"

"还好。不过，跟像埃德加这样沉默寡言的人相处，本就不是件容易的事。他们虽然不是什么推心置腹的朋友，但还是会经常交谈。奇怪，您今天问的这个问题，说来也巧，就在昨天，杰森第一次批评了埃德加的态度，认为他过于消极，总是无精打采、沉迷幻想……"

图威斯特趁机问道："您有没有觉得，最近这段时间您的丈夫变了？"

"最近这段时间？您的意思是……？"

"他从战场上回来以后。"

莉迪思索片刻，眼神逐渐明朗："当然了，毕竟我们分开了三年时间。不过，这倒是好事，因为我好像又重新认识了他！我觉得，相比以前，他对我更加体贴关切了，而且他的性格也变得更加活泼，总是在献殷勤。他会尽一切所能让我感到幸福！不过这也很正常，我们都很高兴，终于摆脱了三年漫长的噩梦。"

"那他的外貌呢？"

"战争在他身上留下了深深的烙印，他也变得苍老了些。直到现在他还在遭受后遗症的折磨，甚至比以前更严重……比如，我觉得他对那些脚步声有些反应过度了。也许，我们只是在做梦……"

"那关于粉红房间的事，也是一样吗？"

莉迪犹豫了一阵，又说道："也许还有别的跟这些脚步声没有什么关联的解释……我认为是杰森在胡思乱想，他总觉得有个士兵的鬼魂在楼上游荡……"

"这是您的个人感觉，还是说他跟您讨论过这件事？"

"他没有跟我直接谈过，但有时他会说梦话。我们并不总是分居而眠。他的梦话十分含糊，但我能明白，那跟战壕的可怕记忆有关，他总是回想起战友们如同草芥般纷纷倒下的场景。杰森应该是想起了某个战友，想起他盲目奔赴命运的脚步。即便是死了，他的鬼魂依然固执地踏着军步，随着节奏来来回回……"

"我明白了。"

实际上，阿兰·图威斯特此时有了一种更加恐怖的推测。他认为此时不宜再深究杰森的身份问题，转而谈起笼罩着整个庄园的海妖诅咒之谜。遗憾的是，马勒森夫人并不比杰瑞米·贝尔知道得更多。关于查尔斯爵士的神秘死亡，她只记得祖父祖母在衣柜事件后发生了激烈的争吵；而她的父亲朱利安去世的时候，她才十三岁。所有迹象似乎都表明，他是意外身亡，警方并未查出任何可疑之处。或许确实有人想夺他性命，但这无法解释为何唯独他没有听到尖叫声。不仅如此，现场有很多目击者。一年之后，莉迪的母亲也撒手人寰。于是，她被托付给瑞贝卡姑妈照顾，后者带着自己的儿子埃德加来到庄园定居。

图威斯特若有所思地说："所以，你把埃德加当成自己的亲弟弟，因为您是独生女，没有兄弟姐妹……"

他下意识地说出了这些话，完全忘了杰瑞米·贝尔曾跟他透露过的关于莉迪身世的内情。

"话倒不能这么说……"莉迪犹豫片刻之后，终于说道，"我的父母在我四岁的时候收养了我。他们一直没能生出孩子。虽然我的母亲曾经怀过孩子，但在怀孕后期的时候流产了，他们都因此深受打击。——不过，我其实是有妹妹的，遗憾的是，我们的关系算不上太好。实际上，她总是躲着我，我倒是很乐意偶尔与她见个面。不知道您认识她吗？她就住在山坡上，孤零零一个人……"

"是那个叫英格丽德的牧羊女吗？"阿兰·图威斯特激动地问道。

莉迪·马勒森缓缓地点头道："没错，她就是我的妹妹。我的亲生父母是伊恩·尼尔森和海拉·尼尔森。"

（二）

尼尔森家的农场位于盘山小道的拐角处。那是一所宽广而低矮的房子，由巨大的花岗岩砌成，足以抵挡暴风雨的侵袭。从这里可以俯瞰莫顿伯里，那蛮荒的海岸线，像是被笼罩在珍珠镶嵌的雾帘里。远远看去，拍向岸边的浪涛像是凝结成了一幅静止的画面。山坡的两侧散布着一些橡木和松树，中间则是绵延的绿地。羊群悠闲地吃着草，四下一片寂静，只有风声扰人，仿佛世间的喧嚣远在千里。

阿兰·图威斯特下意识地理了理头发，然后敲了敲那扇结实的松木门，那是一扇用几块粗糙的木板拼成的方门。他敲了好几次都没有人应答，许久才听到里面有人远远地唤他进去的声音。他先是进了一个大厅，大厅正中央戳着一个硕大的铸铁炉子；然后他穿过一条木筋墙拱廊，进入了另一个宽敞的空间。这里很像杰瑞米·贝尔家，只不过风格更加简单朴素。一个大书架占据着

第十章 牧羊女

一整面墙，里面已经被塞得满满当当。不过，书比杰瑞米家要少得多。在房间的最里面，他看到一个女人坐在沙发上。看到图威斯特之后，女人站起身来。

阿兰·图威斯特走过去自我介绍。当他走近这个女人的时候，突然产生了一种奇怪的感觉：这个女人似曾相识，却又有种难以言说的神秘感。他已经认出，这人就是他刚来这里时在车上瞥见的那个女人。她身材苗条，个子中等，长得和莉迪·马勒森很像。一条棉布长裙衬得她更加修长，一头茂密的黑色鬈发散落在如少女般的单薄肩膀上。牧羊女温柔的脸上挂着若有若无的笑意，那双浅蓝色的眼睛带有少许灰色的底色，眼神如水般清澈。

阿兰·图威斯特心想，英格丽德肯定是受到了水神的眷顾吧。她有着海浪般的沉稳气质，雨过天晴般的清爽感，像水雾一般隐秘而朦胧。莫非她是一只海妖？就算是，那也是最温柔、最无害的海妖。

图威斯特有些心神不宁，他开始诉说来意，却没法清晰地说明他的工作以及此次拜访的目的。这让英格丽德感到有些好笑。

"我没搞明白，您是来做什么的？"她的声音平稳而清晰，这与村民们口中的那位毫无教养的野丫头形象大相径庭。

阿兰·图威斯特懵然地望着窗外的天空，然后回答："我是贩卖云朵的商人。"

英格丽德思索片刻，大声说："这简直是世界上最棒的工作！"

她说话的时候异常激动,脸上露出羡慕的神情,图威斯特感到更加困惑了。

"我猜,您是位作家吧?"她又补充道。

"算是吧,我写过一些关于神秘事件的论文……"

随后,他们畅聊了一个小时,谈论了各种各样的话题,从维京人谈到侦探小说,又从十字军[1]说到了皮埃尔·勒格朗笔下的人物——英格丽德十分钟爱皮埃尔的作品。

"您一定看了不少书吧?"阿兰·图威斯特边问边转身看着书架,发现她的藏书大多是小说和历史类的。

"我读过很多书。除此之外,我在这里也没别的事可做了……"

她的脸蒙上了一层阴影。图威斯特暗想,也许孤独令她不堪重负。

"您偶尔也会出门吗?"

"我很少出去。"

"您在村子里有朋友吗?"

"几乎没有。"

"那您在这里不会觉得无聊吗?"

那双灰蓝色的眼睛里闪过一丝异样,她缓缓地把头转向窗户。

---

[1] 指由天主教士兵组成的军队。因为士兵们都佩戴十字标志,所以称为"十字军"。

第十章 牧羊女

"不会。"她的声音毫无起伏,"我在这里过得很开心,有我的羊群和书籍做伴,我也很自由。我已经非常幸福了……我选择了这样的生活,选择了这份职业,而且这也是我父亲和我祖父的职业,无论如何,我都不会改变这种生活方式。"

显然,英格丽德有些言不由衷,她的眼里慢慢变得阴云密布。阿兰·图威斯特注意到她的手腕上贴着一块胶布。莫非是发生了什么意外?有可能,不过在这种地方,人们总会忍不住得出一个令人感到悲伤的推测:也许她曾尝试过自杀。关于这点,图威斯特自然是十分谨慎,没有对此做出任何评论,而是把话题转向了庄园里的住客。图威斯特注意到,当他提到庄园的女主人莉迪时,英格丽德立刻变得局促起来。

"莉迪·马勒森,"英格丽德低声说,"我不太喜欢这个人……"

"为什么?"阿兰·图威斯特假装漫不经心地问。

"就因为她是莉迪·马勒森!因为她的家族——克兰斯顿家族……他们一直以来都很讨厌我们,他们看不起我们,甚至侮辱我们,把所有可怕的罪名都安到我们头上!"

"您知道吗,其实马勒森夫人很想与您更亲近一些……"

"真是个虚伪的人!"英格丽德的眼神变得迷离,继而冷淡地说,"让一个尼尔森家族的人踏入庄园,她可丢不起这个脸!"

"我似乎听说她原本也是尼尔森家的人?"阿兰·图威斯特一边问,一边紧盯着英格丽德的反应。

她耸了耸肩膀，算是承认。

"可我不明白克兰斯顿家族的做法。"阿兰·图威斯特继续说道，"尤其是朱利安·克兰斯顿和玛丽·克兰斯顿，他们领养了莉迪，也就是你的亲姐姐……如果他们那么看不起尼尔森家族，为什么要登门拜访收养一个尼尔森家的孩子呢？"

"您还不明白吗，"英格丽德愤怒地说，"那还不是为了更好地羞辱我们，证明他们高人一等，向我们展示他们高高在上的慈悲胸怀！当时我的父亲刚刚去世，祖母年事已高，无法同时照顾我和姐姐！"

"您这么想似乎有些过分了。或许，他们只是想收养一个孩子，同时还能给一位老人减轻一些负担罢了。您知道的，也许您也差点成为他们收养的女儿……"

"那我可太清楚了！谢天谢地，万幸他们没有收养我！"

"可还是有点奇怪啊……"阿兰·图威斯特若有所思地说，"他们为什么没有同时收养你们两个，这样你们就不会分开……"

"谁知道他们是怎么想的。但我得感谢上帝，幸好他们没有选中我！"

"您对当时的事还有印象吗？还记得您姐姐当时的情况吗？"

"不记得了，那时候的我实在太小了……那是1901年，也就是我父亲去世的那一年，我才刚满四岁。不过，我还记得一个小细节……因为当时的我实在是太疼了，所以到现在还有印象，在这件事后，我的一只耳朵就听不见了。——克兰斯顿夫妇来收

第十章 牧羊女

养孩子时,我好像进行了激烈的反抗。当时,我手里拿着一个尖锐的东西,不知怎么就插进了耳朵里……"

"也许是因为这个,他们才带走了您的姐姐?"

"有可能吧。不过对我来说都不重要,都是过去的事情了。那天克兰斯顿夫妇没有带走我,真是太幸运了!"

阿兰·图威斯特缓缓地点了点头,然后又问:"您说克兰斯顿家族厌恶您的家族,那您是否知道莉迪的祖父,也就是查尔斯·克兰斯顿,曾与您的外祖母有私情?"

英格丽德全身僵硬地坐在那里,眼神茫然地说:"我不想谈论这个话题。这些陈年旧事已经让我们吃尽了苦头……"

两人都陷入了沉默,英格丽德坚定的态度中表现出一丝报复心,这让图威斯特有些吃惊。为了打发这漫长的孤单岁月,她一定时常琢磨这件事,从而产生了对于克兰斯顿家族的极度憎恨。

随后,图威斯特又询问英格丽德对杰森有什么看法。

"我对他没什么看法。"她边说边把一头柔软的鬈发甩到颈后,"他有时候会跟我说话,对我也很客气……"

"您觉得他从战场上回来之后,有没有发生什么改变?"

牧羊女沉思片刻,蓝色眼眸中的雾气渐渐消散:"确实是有些变化。他去参战之前,我对他并不熟悉,毕竟他刚搬到庄园不久。不过我记得他很喜欢他的狗,常常在树林边遛它。我也有一条狗,我很了解动物,也许比任何人都了解,毕竟它们是我唯一的伙伴。但是,我记得他从战场上回来的时候,他的狗朝他发出了咆哮声,整个村子的人都知道这件事。他靠近那条狗想要安抚它的时候,那条狗龇牙咧嘴,变得凶神恶煞一般。我当时就觉得很奇怪,心想他肯定是变了个人……因为狗绝对不会忘记自己的主人!"

(三)

第二天早上,阿兰·图威斯特在客栈大厅再次见到了他的朋友赫斯特。警官正在享用丰盛的英式早餐,只见他神采焕发,笑意盈盈,一副扬扬自得的样子。阳光从窗户的小格子透进来,在他脸上投下五彩斑斓的光影,让他看起来像个滑稽的小丑。显然,警官的心情十分不错。两人开始闲聊,谈论了这片地区的粗犷景色,以及看上去还不错的天气——不过这里的天气十分善变,出门还是要谨慎一些。图威斯特对客栈里的自制松饼表达了赞赏,吃完一盘子松饼后,又去拿了几个来,像是为了证明自己所言非虚。饱餐过后,在警官的要求下,图威斯特开始讲述前一天的收获:他觉得莉迪的祖父和父亲死得十分蹊跷,两人的死亡都与海妖的叫声有关。

警官的脸色变得阴沉起来。

"这一切真是令人难以置信。"他说道,"如果我把这件事告诉伦敦警察厅总部的同事,我敢保证,他们一定会指着我的鼻子笑话我。"

第十章　牧羊女

"可调查这件事是您的上司要求的,不是吗?"

警官的脸上露出一丝不悦:"现在我明白了,为何他当时如此尴尬,如此谨慎,明明不愿向我透露太多细节,却如此慷慨地给我提供一切便利。不过,这个问题暂时先放到一边,等把庄园主的事情查清楚了再谈也不迟。现在,我们的首要问题是杰森……"

"在我看来,真相已经大白。"图威斯特忧伤地看着赫斯特拿走盘子里的最后一块松饼,继而说道,"在他的妻子看来,他的狗对他的态度、他的棋艺突飞猛进,以及他态度上的细小变化,都是长年累月的战争所致……我觉得,莉迪·马勒森是因为与丈夫久别重逢,感到太过震惊和幸福,以致蒙蔽了双眼。"

"您认为她是否也曾起过疑心?"

"这很难说。"图威斯特若有所思地回答,"毕竟我不能直截了当地问她。她似乎没有起过疑心,不过当她谈到杰森从战场上回来的时候,有些过于喜形于色……她的神情有些怪异,可能她并没有意识到这个问题。但是,她透露了关于杰森做噩梦时的一些细节,这对于调查是十分有益的。您知道吗?那个半夜在阁楼上发出阴森脚步声的幽魂,也许是被人夺取了身份的、真正的马勒森。或许,他的殒命并不仅仅是因为德军的炮弹,而是在战役中遭人谋害。于是,他变成鬼魂回到了这里。我觉得,这足以让我们推断这是一次蓄谋已久的谋杀,此人早就想篡夺杰森的身份——也许在第一次见到他的时候就已经产生了替代的想法,这样的可能性似乎更大。我想，这个狡诈的诈骗犯一定是做好了十分周全的准备，才能积累足够的细节和回忆来冒名顶替杰森。现在，他害怕了，开始感到后悔了。如果他是因为战友被德军的炮弹夺取了性命，才临时起意实施了顶替计划，这个诈骗惯犯会感到如此不安吗？我不这么认为。只有当他真正实施了谋杀，才会表现得像现在这样坐立难安、痛苦不已！罄竹难书的恶行不断在他的梦境中上演：那位可怜朋友的冤魂，头戴钢盔，夹着步枪，迈着单调的步伐，频繁地出现在他的梦境中，令他辗转难眠……冤魂的脚步声在夜里折磨着他，令他失去理智，最终开始相信鬼魂的存在。不仅如此，庄园阴森的过往更是让他坚信不疑……"

"所以，他便请来了您这位神秘事件专家！"

"他还天真地以为，我可以为他解决这个幽灵问题。"

"总而言之，那我们就应他所求，揭开他的真面目！"赫斯特胸有成竹地宣称。

"冒名顶替罪、谋杀罪，甚至战时叛国罪……如果我们能让他认罪，就算他请来最优秀的律师，也死罪难逃！我们可真是帮了他的大忙呢。"

"您对这样的人抱有怜悯之情吗？"警官气愤地问。

"不，当然不会。不过，老实说，我并不觉得他面目可憎……"

"我们现在已经知道了他的狡诈本性。话说回来，我个人更倾向于另一种假设，其实我们已经想到了这种可能性。这位庄园

第十章 牧羊女

主肯定是帕特里克·德根假扮的,无论他是预谋行事还是恰好利用了时机,这都无关紧要。我今天下午见到了他,他看起来十分友善,很讨人喜欢,并且对他的妻子也非常殷勤。我想,他对眼下的情况心知肚明。最近村子里再次传出关于他的谣言,这让他心神不宁,所以他才会求助于您。阁楼的脚步声以及神秘的粉色房间或许只是他的伎俩,他打算通过这样的方式来转移注意力,实施障眼法……"

"两种推论都有道理。"图威斯特承认道。

"不管怎样,现在的杰森·马勒森肯定是别人冒名顶替的。"警官斩钉截铁地说道,"我们今天就去把他抓起来!我已经成功说服了他的表弟威廉·卢卡斯,他愿意助我们一臂之力。他虽然还不完全相信我说的话,但也想弄个水落石出。说实话,这位表弟来得正好。他确信,就算这个骗子再狡猾,也无法说出他们童年时期的共同回忆,因为只有威廉·卢卡斯本人和真正的杰森·马勒森才会知道那些事。我们约定好了,今天下午会在庄园见面。"

阿奇博尔德·赫斯特满意地搓了搓手:"不出几个小时,我们就能把帕特里克·德根这个老鼠给揪出来!"

第十一章
第二次测试

时钟敲响了两点钟，庄园里寂静的氛围让人近乎窒息。刚才，伦敦警察厅的赫斯特警官当着杰森·马勒森夫妇、埃德加和威廉·卢卡斯的面，清晰地表达了他对庄园主身份的怀疑。他没有进行过于详细的说明，但也没有对事件的严重性含糊其词，同时还强调他们正在法国展开关于帕特里克·德根的大力调查，很快就会得出结果。

毫无疑问，埃德加显得最为惊讶。他呆呆地看着马勒森，眼睛里似乎闪过了各种情绪。莉迪从始至终保持着凝重的神情，当警官高声对她的丈夫提出严重指控时，她依然面不改色。至于庄园主本人反倒显得并不惊讶，他时不时紧张地捻着胡须，最终却报以淡淡一笑。这平静而愉快的微笑，狠狠地激怒了警官。赫斯特警官的脸涨得通红，时不时把那缕叛逆的发丝撩到头上。

"如果我没弄错的话，"庄园主转向阿兰·图威斯特说，"杰瑞米·贝尔几天前的邀请就是对我的第一次测试吧?"

"您成功地通过了那次测试!"赫斯特插嘴道,"为此我们不得不向您表示祝贺——您的表现十分出色,竟然完全骗过了老杰瑞米·贝尔!"

杰森·马勒森黯然点了点头:"亏我一直这么信任他……真是让我有点失望。"

"如果您是清白的,您应该明白这种情况对任何人来说,都不是件愉快或高兴的事。我们只是各尽其责,每个人按照自己的方式……"

"那么,连你也不相信我吗,比尔[1]?"庄园主转身问了问表弟。

那位农夫绅士感到十分尴尬,他拉了拉外套下摆,说道:"杰森,你要知道,我们已经很多年没有见面了!而且,听完这些人告诉我的事……嗯,没错,我希望把事情弄清楚,这样才能安心!杰森,你得明白,没有人喜欢这样去猜疑,不管是你、我,还是莉迪以及你身边的任何人……"

庄园主走近他的表弟,一脸不解而嘲讽地看着他:"如果我没有理解错的话,将由你来对我进行第二次测试,对吗?"

"是的。"威廉·卢卡斯一边轻声说着,一边焦躁地揉着乱糟糟的红发,"我会问你一些我们小时候的事情……"

---

[1] 对威廉的昵称。

马勒森的笑容更加明显了，他直视着威廉的眼睛："坦白说，你觉得我可能是别人吗？"

"老实说，我觉得不可能……但我们可以马上解决这件事，杰森！这样事情就过去了，我们就可以讨论些别的事！"

"比如，卖给你土地的事？"

"没错，就是这样。不过，杰森，你别因为这件事而不高兴……"

"那我们来做个交易吧，比尔。"杰森打断他，"如果我能正确回答你的陷阱问题——"

"这可不是陷阱！只是一些简单的问题……"

"如果我回答出了你的所有问题，你就要把未来一周内卖不出去的所有盖伊牌丝袜全都吃下去！"

"吃袜子？"这位前推销员惊得目瞪口呆，"但是……这可不好消化……而且……"

"亲爱的表弟，你不必担心。你如此擅长推销，相信很容易就能清空库存，这样你就不会再拿这些丝袜来烦我们了！而且我确信，你一定觉得我是个骗子，所以……"

"杰森，这太荒唐了！我向你保证，你误会我了！"

"好啦，先生们！"警官怒吼道，"这是非常严肃的事，请你们不要把它当成儿戏！卢卡斯先生，请您立刻提出第一个问题！"

众人再次陷入沉默，威廉若有所思地看着他的表兄。杰森后

第十一章　第二次测试

退了几步,漫不经心地在壁炉前踱步。片刻后,他停下来站在帆船模型前,略带惊讶地看了它一眼,然后又开始在地毯上踱步。

几秒钟过后,威廉·卢卡斯终于发话了:"杰森,你还记得我们在祖父家谷仓后的田地上玩耍的时光吗?"

杰森耸了耸肩,回答道:"当然。"

"我们那时候多大了?"

"让我想想……那是在我离开的前一年……应该是十一岁。"

"没错。谷仓后面有一口井,因为我们总是在那边闲逛,所以祖父用铁丝网把它围了起来。我们给那口井取了个名字……你还记得是什么吗?"

一瞬间,四下鸦雀无声,只听到庄园主急促的脚步声。他双手背在后面,来回走动着。

"——是幽灵井,这就是我们取的名字,因为我们有时会在晚上往里扔石头。我们曾想象过,石头'扑通'的落水声是曾经淹死在井里的人的幽灵发出的回响。当然,这一切都是我们想象出来的,井里并没有淹死过人。"

威廉·卢卡斯点头表示赞同,赫斯特却分明对这个正确答案感到不悦,他急躁地插嘴道:"这是个很简单的问题,德根这种诡计多端的人肯定早就把这样的童年趣事套了出来!幽灵井,这名字怎么可能忘得了呢?……不,这问题实在太简单了!"

警官的言论并未得到多少认同,大家都有预感,这次的测试将会异常激烈。

"现在,我要继续考察你的视觉记忆。"卢卡斯说道,"还是在同一个地方、同一个阶段,当时除了那口井,还有三样令我们非常珍视的东西,它们应该会在你的脑海里留下一些印记,请告诉我那是什么东西?我知道这个问题有点难,你要是能回想起其中两样,就已经很不错了。你可以思考几分钟……"

"真是不胜感激。"马勒森露出一丝僵硬的微笑,嘲讽地回答,"三样东西……天哪,你怎么能指望我记得那些……都已经过去这么久了!"

"试着回想一下那片田地,杰森,我们当时经常在那里玩耍……"

庄园主突然停下脚步,闭上了眼睛:"嗯……门口有一把旧镰刀,我不知道这算不算……"

"没错!这确实是其中之一。"卢卡斯回答道,他似乎对这个正确答案感到十分满意。

"还有一个草叉……"

"也许吧,不过我刚刚想到的不是这个。"

赫斯特和他的朋友互换眼色,笑容开始浮现在他的脸上,但当"嫌疑人"继续发言时,这抹笑容又消失不见了。

"啊!我想我知道你指的是什么东西了……我们在一个角落里埋了些宝藏,还立了个铁十字作为标记。这个铁十字其实是从一把旧犁上拆下来的,它的形状非常独特,我们把它称为……天啊，我不记得了……"

"你就快就能找到正确答案了，杰森，就是那个……"

"住嘴！"赫斯特生硬地打断威廉，"您不能帮他！"

"对了，就叫克里斯泰尔十字架，没错！"马勒森打了个响指，"其实它跟这个符号并无任何相似之处，只是因为我们从哪里听说过这个名字，就顺口这样叫了，我们甚至都不知道它是什么意思！"

"没错。"卢卡斯一声叹息，渡劫般松了口气，"还剩下第三个东西，如果你能记得那个就太好了！不过，这也可能是最难想起来的……"

"是那个破栅栏吗？"

"啊！我都忘了这回事了。不过我刚刚想到的不是这个……"

"是邻居家那个被我们洗劫一空的凉亭吗？"

"也不是！"

随着时间的推移，时钟的嘀嗒声越发清晰。马勒森一言不发，焦急地捻着胡须。细细的皱纹在他的额头上浮现，人们可以感受到他似乎快要放弃了。突然间，他的脸上露出恍然大悟的表情："我想我知道了！有一天，邻居家的儿子来找我们玩，我们发生了争执并打了起来。凭借人数优势，我们打赢了，还向他要求了一份战利品。他给了我们一只旧靴子，我们趾高气扬地把它挂在了一根杆子上。那只旧靴子在那里挂了好长一段时间——因为祖父说它是守护菜地的绝佳稻草人！"

"完全正确！"威廉·卢卡斯赞同地对警官说，"我还有一个问题，是一件发生在很久之前的事，但我要告诉您，我已经可以断定他就是我如假包换的表兄！"

"快问！"赫斯特威胁道，"我希望这次的难度可以更加'变态'一些！"

"这件事发生在我们六岁的时候……"

"啊！这才像样嘛！"

"我也只是有些模糊的印象，因为我的母亲曾跟我说过一两次。我甚至怀疑，哪怕是真正的杰森都不会记得……"

"就该问这样的问题。"赫斯特说着，脸上再次露出微笑，"如果马勒森先生记得这件事，我们就能完全证明他的清白。卢卡斯先生，我们洗耳恭听！"

威廉用双手拢了拢头发，抿起了嘴唇。

"杰森，"他开始说道，"你应该记得我们去你祖母那里度假的事吧。那时，一个邻居家的谷仓着火了，我们被这场景吸引，在晚上跑了出去……"

"这确实是很久之前的事了，"庄园主颇为谨慎地回答道，"但我得先跟你说明，除了祖母和她的那个旧农场，我几乎无法回忆起那个时期的任何事情，而我的祖母一年后就去世了。"

"那么，你准备好了吗？"

"你说吧。"

"哔！哔！哔！来吧，小家伙，我来教你游泳……"

马勒森沉默良久，然后问道："你能再重复一遍吗？"

"当然可以——哔！哔！哔！来吧，小家伙，我来教你游泳……"

"这涉及某个具体事件吗？"

"是的。确切地说，这件事既严肃又荒谬，还有点幼稚。"

"那你自己还记得吗？"庄园主怀疑地问道。

"啊，其实我也不是很清楚，只是有人告诉过我……不过我确信这些话是准确的……"

马勒森缓缓摇了摇头，嘴里嘟囔着："哔！哔！哔！……哔！哔！哔！……我来教你游泳……这太离谱了，根本毫无意义！"

"可它确实应该有意义！"赫斯特伪善地笑道，"记忆啊，有时就是会捉弄我们！"

"我可没有大象那样惊人的记忆力！"杰森焦躁地继续在壁炉前来回走动，"哔！哔！哔！……真是奇怪！可以肯定的是，这与大象毫无关系，因为祖母没有养大象！哔！哔！哔！……我想这是她在喂鸡的时候说的话……"

马勒森转身看向他的表弟，后者依然面无表情，于是他又踱回壁炉旁。他的目光再次停留在瓶中的帆船模型上，观察了一会儿，然后皱起了眉头："很奇怪，有时候我会觉得'泰坦尼克'号在移动……"

没有人回答他，大家都在紧张地等待着，庄园主的话显得尤为格格不入。

"感觉它离那盏小灯更近了，"他向右稍微移动了一下，"这已经不是第一次了……"

然而，这个新的摆放位置似乎也不能令他满意。他仔细观察着模型和台灯，皱起了眉头，然后轻轻地向左推了一下模型。

"马勒森先生，"警官插话道，"您觉得现在是该关注这种细节的时候吗？"

"不是……"杰森简短地回答道。此刻，他的声音有些缺乏自信，脸色开始变得苍白："您知道，这里发生了太多离奇之事，有时会让人失去理智……让人为一些无关紧要的事情而焦虑。"

"那么，请回到我们关注的话题，这件事与您有最直接的关联。"

马勒森点了点头，重新整理了领带，然后去吧台倒了一杯白兰地。他询问客人们是否要喝，只有威廉接受了。埃德加坐在一把扶手椅上，出神地看着书架，视线却不知落在何处。莉迪脸色苍白，紧盯着丈夫的眼睛。阿兰·图威斯特和警官的视线也没有离开过马勒森，但他们的眼神里却有着不同的含义。

"我记不起来了。"杰森一边嘟囔着，一边又开始在壁炉前徘徊，"时间太久远了……那时候我才六岁，我只能勉强想起那个地方！不行，我真的想不起来了……"

第十一章 第二次测试

"那可真是遗憾!"警官假惺惺地说,"就差这最后一个正确答案,就可以排除最后的疑虑了。"

"很抱歉,但我对此确实毫无印象……哔!哔!哔!这只能让我想起祖母给鸡喂食时召唤它们的声音……除此之外什么也想不起来。"

"我明白您的感受。但还有一个办法,我们可以对您的指纹进行比对……"

杰森停下来,他完全呆住了。几秒钟后,他转身朝警官伸出双手,掌心朝上:"全凭您处置,警官先生。仔细想想,也许您本该先检查我的指纹!"

警官的脸涨得通红,微笑中带着一丝苦涩:"如果您是个冒名顶替者,先生,我不得不向您表达我的钦佩,因为您的表现实在是太出色了。您知道,与您有关的军事档案已经被毁了。这件事本身并不奇怪,但蹊跷的是,您的民事档案也被毁了。存放这些档案的建筑在战后不久就被烧毁,而且就是在您从战场上回来后不久,直到现在,失火的原因都没有找到!您分明就知道这些事!"

"不,我不知道!"

"说得倒轻巧。"赫斯特已经无法控制自己的情绪,"您没必要在我面前摊开手指,再这样,您的双手就要变成鸭掌了!"

警官的话掉在了地上,随后的沉默让他为自己的失言感到一丝尴尬，他尝试着缓和气氛，却又显得相当笨拙："张开手指，还有手掌，就像鸭子的脚蹼……或者小鸭子……"

又是一阵沉默，杰森一动不动的样子使气氛变得更加沉重。他看着自己的手，手指仍然张开着。过了一会儿，他说："哗！哗！哗！……过来，小家伙！哗！哗！哗！……我来教你游泳……"

随后，他慢慢抬起头看向警官："谢谢您，警官。"

"谢谢？见鬼了，为什么要感谢我？"

"我想，我已经找到了答案，这得多亏了您……"杰森转头对表弟说，"这跟一只可怜的小鸭子有关，对吗，比尔？"

威廉露出了坦诚的微笑："请说吧。"

杰森喝了一口白兰地，慢慢在嘴里品味着，然后回答道："我的母亲也曾跟我讲过这个故事。但是，我只记得一些断断续续的片段了……当时母鸭生下了一群可爱的鸭崽，而我们最大的快乐就是去抓这些小鸭崽。有一天，我抓了一只鸭崽，并下决心教它学会游泳。我高兴地把它扔进农场旁边的小池塘里，还把它轻轻按到水里好几次。当然，那时我不知道自己在做什么，最终淹死了它。可怜的小鸭崽，我当时难过极了……我还记得祖母过来责备了我……但这已经不重要了。对吧，比尔，就是这样的吧？"

威廉笑意盈盈，一口气喝干了杯子里的白兰地，然后对阿奇博尔德·赫斯特说："警官，他还能记起这件事完全是凭运气，这么久以前的事是很难想起来的。可以肯定的是,这个人就是我从小认识的杰森。我想,这应该是大家的共识了,尤其是我,已经没有任何疑虑了。"

第十二章
碰碰岩

（一）

阿奇博尔德·赫斯特裹着蓝色斜纹外套，与他的朋友图威斯特一起沿着莫顿伯里北部的海岸线散步。潮湿的海风、清新的空气以及海水的味道，让他感到十分惬意，混乱不安的情绪逐渐消散。距离确认杰森·马勒森的身份已经过去了四十八小时，但两人总是自然而然地谈及这个话题，这一天也不例外。

"至少这次，我们能确定自己是在和谁打交道了。"图威斯特优雅而轻快地走在满是礁石的小路上，"现在我们的这项调查已经有了稳固的基础，可以更好往下进行了。"

"应该是我们的多项调查，"警官不满地说道，"因为我们现在依旧面临着众多谜团，而且还不知道它们之间的关联。从某种意义上来说，当我得知庄园主不是骗子时，感到了一丝欣慰；但看他那么扬扬自得的样子，我真希望把他一举抓获！"

第十二章 碰碰岩

"这不是很正常吗？其实，杰瑞米·贝尔第一次测试他的时候，他能提供如此精准的答案就已经让我印象深刻。现在我相信，即使是最狡猾的骗子，也无法回答杰瑞米和威廉表弟提出的所有问题，无法毫无破绽地通过两次测试。可以说，如今我们唯一能够确定的事，就是这确实是真正的杰森·马勒森。"

"是的。"赫斯特语气中带着一丝苦涩，遗憾地说道，"现在，无论谁告诉我任何事，我都不会再轻易相信了！"

"那么，您对其他的事情有何看法？比如幽灵现身？粉色房间的秘密？海妖的诅咒？致命的尖叫声？还有最后两名受害者的离奇死亡？"

"我的看法？"赫斯特把外套的领子立起来，继续说道，"我觉得，解答这些神秘问题是您的专长，而非我擅长的领域。作为警察，我的笛卡儿理性主义[1]思维无法解释超出常识的事情！其他人都能听到的尖叫声，一个神志健全的人却完全听不到，这根本是无法理解的事！"

"然而事实确实如此。莉迪·马勒森的祖父和父亲所经历的事都有多个目击者。"

"正如传说中的那样，他们都在第二天意外死亡。这意味着这些事实超出了我们的常识。我刚才已经说过，这不属于伦敦警察厅的能力范围。"

---

[1] 理性主义是建立在承认人的推理可以作为知识来源的理论基础上的一种哲学方法。一般认为随着笛卡儿的理论而产生。

"那么,您对于第一个事件,也就是查尔斯爵士在塔楼顶端被空中海妖袭击的事有何看法?"

"这太离谱了!肯定是那些酒鬼在胡言乱语。"

"您可还记得,有两个人同时看到了这件事?也就是说,两个酒鬼产生了相同的幻觉……这已经令人不可思议,更不用说后来还有其他证人赶到现场,明确看到了死者身上留下的奇怪伤口。昨晚在客栈里,我们甚至还盘问了其中一个证人,他的陈述与杰瑞米·贝尔向我们描述的完全一致。"

"会飞的海妖,"警官叹了口气,"您真的相信有这种东西吗?"

图威斯特朝四下看了几眼。在他们的身后,崖壁高高耸立,如同一座塔楼,长长的断崖在灰色的天空中劈出嶙峋的轮廓。海鸥在空中盘旋着发出悲鸣,像是在回应惊涛骇浪的咆哮。汹涌的海浪和碎裂的岩石,眼前的一切就如同这个案件一样令人感到不安。

图威斯特承认,在这个地方他可以相信任何事情,包括海妖,甚至是会飞的海妖。然而,他还是希望能解开这个谜团——至少能理出整件事情的逻辑。

"我打算按原计划再待一周,"赫斯特大声说道,"尽管我觉得待在这里已经没有什么意义了,但我还是可以协助你。至于我的上司,他将得到他应得的报告:一本关于本地传说的书!只不过我得先找到它。"

第十二章　碰碰岩

"或许您之后会有重要发现需要向他汇报。"

"比如——?"

"海妖再次现身!"

警官发出了低沉的抱怨,然后不再开口。没多久他便准备折返,一方面担心骤雨将至,另一方面他还有信件要处理。

阿兰·图威斯特则决定继续散步。他的嘴角浮现出嘲讽而又温柔的微笑。方才他有意提及海妖的可怕形象,想要吓唬他的朋友,但其实脑子里想到的,是那位住在山上的女人。她给图威斯特留下了一种奇特却又愉快的印象,他打算不久之后再次登门拜访。此时,他发现在悬崖侧面有一条陡峭的小径,心里想着不妨锻炼一下,于是便爬了上去。

一刻钟后,他爬到崖顶,在那里遇到了一个人。只见埃德加双手插兜,凝视着无垠的大海。

图威斯特跟他打了个招呼,问他是不是在寻找灵感。

"不管身处何方,我总是随时随地寻找灵感。"年轻人平静地回答,"不过,其实我从不主动寻找它,灵感是自然而然地来到我这里的,如同风,如同烦恼,以及不幸……"

阿兰·图威斯特转身面向大海道:"风我能理解,但烦恼是人的过错,不是吗?"

"我已经看透了人生,它已经没有什么可以教给我了。"

听他用这样的语气说出这样的话,阿兰·图威斯特不免有些吃惊。

"生活就是一声哀叹，"这位诗人继续说道，"是冗长而刺骨的痛苦，栖息在敏感的灵魂中。"

图威斯特默默点了点头，然后询问诗人是否可以描述得更具体一些。

"您看这些云彩，"埃德加伸手指向天空，"它们一直在流动，变换着形态和颜色，却永远保持着令人新颖的感觉。人可以不知疲倦地观察它们……就像大海一样，它是平静的，同时又不断变化着……人的思想可以在这无尽的海浪中随波逐流，就像鸟儿一样轻盈自由，然后飞向天穹……真是极美的景象，但却隐隐透着单调，最终会让你陷入无尽而残酷的哀伤。当您明白了这一点，您就不会再对生活抱有任何期望了。"

"那么关于不幸呢？"

"我注定生而不幸。"诗人的平静几近冷漠。

"可您还活着，而且身体健康！"阿兰·图威斯特用欢快的口吻反驳道。

"也许吧，但不幸总是如影随形。"

"您有什么悲惨的遭遇吗？"

"完全没有，这便是我的可悲之处。我从未经历过任何事情。我的人生是一片灰色，只有灰色，除了……"

"除了什么？"图威斯特偷偷观察着他的同伴。

埃德加始终出神地凝视着大海，一双眼睛开始变得模糊起来。他咽了咽唾沫，然后补充道："除了鲜少出现的几道光芒，

第十二章 碰碰岩

来照亮这黑暗的虚无。"

"什么光芒?"

"那是黎明的曙光,一个有着七彩手指的仙女,带来希望的仙女……"

"这么说来,还是有希望存在的啊!"图威斯特高兴地感叹道,试图以这样的乐观情绪感染他。

"希望总是昙花一现,它只是幻觉,根本没有希望。我出生之时便有凶兆,最终,厄运一定会降临在我身上。"

说完这些话后,年轻人祝图威斯特散步愉快,随后就离开了。图威斯特心想,一个如此悲观的人,也许厄运迟早会找上门来吧。

从他所处的海角上,可以清楚地看到远处的灯塔。长长的海岸布满礁石,灯塔就在海岸的另一头,此地简直暗礁丛生。步行半个小时后,他看到了十分广阔的海湾,沿岸都是耸立的黑色礁石。

"'阿尔戈'号就是在这里沉没的吗?"他心想。这个地方完全符合他印象中关于沉没地的描述。一瞬间,他有些焦虑,他想到了那个悲剧之夜,那些可怜的遇难者在致命的浪潮中不断挣扎,被拍向锋利的岩石的惨剧。

过了一会儿,图威斯特惊讶地在小径拐角处看到了一个无比熟悉的身影:原来是幽默的词典学家杰瑞米·贝尔。他宽大的黑色斗篷随风舞动,显得身材越发高大。杰瑞米走过来的时候,喘了口气，然后表示非常高兴能在这里遇到图威斯特博士，他原本以为这是一个只有他才会光顾的地方。他经常来这里透气，尤其是过量的文字工作让他产生消化不良的感觉时，常来这里换换心情。

图威斯特向他透露了关于庄园主身份的最新调查结果，以及与其他人的一些谈话内容。

贝尔带着慈父般的微笑说："告诉您吧，年轻人，我从来没有怀疑过杰森。就算有些事情看起来确实很诡异，我也从未有过半点怀疑。这世界上没有两个完全相同的人。就算长得一模一样，他们的眼神和灵魂也会各不相同。话说，您应该没有忘记去拜访那位海妖吧？她真是个不错的孩子，对不对？"

图威斯特轻轻咳了几声，以示赞同："她对古代历史非常熟悉……可以看出她深受您的影响。"

"她可不是什么愚蠢无知的人，我之前就跟您说过。"老人自豪地回答道。

"我还听说，马勒森夫人竟然是她的姐姐！虽然她们长得确实颇为相似，但知道这件事以后，我还是感到十分惊讶！"

"您是说莉迪·马勒森是伊恩·尼尔森和海拉·尼尔森的女儿，是这个意思吗？"

图威斯特有些尴尬地承认道："是的。但我在想，看她们年龄相差无几，两人应该是双胞胎吧？"

"如果她们同龄，按理说应该是双胞胎。"词典学家神秘地

第十二章 碰碰岩

笑道。

图威斯特皱起眉头:"奇怪,我总觉得您在对我隐瞒些什么。"

"去找我的朋友弗雷德谈谈吧。请他喝两杯爱尔兰黑啤,他会告诉你一些惊人的故事!"

"惊人的故事……"图威斯特重复道。他望着海湾,一副若有所思的样子:"说真的,这里有什么事是不惊人的呢?如果要列举我来之后遇到的所有奇事,那……"

"更精彩的还在后头呢!"

图威斯特突然转身看向杰瑞米:"先生,您喜欢玩猜谜语,是吗?"

"可以说跟您一样热衷,只不过还是比不上您的警官朋友!"

两人陷入了沉默。在这样的地方,风声似乎是世界上最自然的声音。弥漫着海水味道的空气和眼前的美景,给人带来无与伦比的清新感和自由,简直难以想象这里曾发生过如此悲怆的惨剧。当图威斯特提到这个惨剧时,贝尔指向远处的一串暗礁,就在海角尽头的灯塔附近,但比灯塔更远,更靠近北面,那就是"阿尔戈"号最终沉没的地方。在礁石附近,靠近海湾中部的地方,有一小片弧形的金色沙滩,海水把一小撮幸存者冲上了岸边,其中就包括杰森·马勒森。

"杰森、'阿尔戈'号,还有其他种种巧合,"图威斯特评论,"我猜您一定注意到了,这些都与某个神话故事有些关联。"

"我当然知道了,年轻人。在您眼里我是如此无知的人吗?

但是，与传说不同的是，我们可怜的杰森并没有把他的'阿尔戈'号带到目的地。至少可以这么认为。不过，说到神话故事，我们能谈论的可远不止这些！在杰森的远征故事中，我们还可以找到数十个相似之处。比如，总是在菲纽斯那里抢食的哈尔比亚神鸟，它们可能就是野蛮袭击查尔斯爵士的飞行海妖的原型；还有在神话故事里，海妖引诱了水手，使他们落入致命的陷阱；还有那些叙姆普勒加得斯……"

"叙姆普勒加得斯？"图威斯特重复道，"那是什么东西？"

"年轻人，看来您还有些知识漏洞啊。作为哲学博士和神秘学专家，您这样可不太应该。现在的教育可真是不如以前了！告诉您吧，在杰森的故事中，叙姆普勒加得斯不是长毛独眼巨人或是其他骇人的哺乳动物，而是两个移动的暗礁，又叫碰碰岩，它们在翻涌的大海中不断碰撞，堵住了旅行者的去路，当然也堵住了'阿尔戈'号的去路。机智的杰森用一只鸽子探路，成功地找到了唯一可行的路径。我们可以说，现代的这艘'阿尔戈'号，没有像故事中那样找到正确的航线。它撞到了您能够看到的其中一个暗礁上，就在灯塔尽头的那个位置，然后船体就开裂了。"

突然，他转向图威斯特，用责备的目光审视着他，继而补充道："我们还是来谈谈别的事吧。听着我们的对话，别人可能会以为我们在谈论某些俗气的情节剧！现在，看在奥林匹亚山所有女神的分儿上，请您详细跟我说说，您对那位小牧羊女有什么看法！但这一次，请把她看作一个女人，而不是一本百科全书！"

第十二章 碰碰岩

（二）

"啊，这个可恶的杰瑞米！"弗雷德·卡明斯放下刚喝完的啤酒杯，嘟嘟囔囔。他那忧郁的脸庞、下垂的眼皮，以及挂在鼻尖上永远戴不稳的眼镜，使他看起来比实际年龄更苍老一些。如果一个陌生人走进客栈，肯定会认为卡明斯是这个客栈里最忧郁的客人。可事实并非如此，卡明斯医生浑身散发出一种乡村医生特有的可靠的信任感。然而，每当他说到自己的朋友时，脸上都会露出嘲讽的笑容。

"啊，可恶的杰瑞米！"他接着说道，"他自己明明非常清楚这件事，但又偏偏让您来问我！"

他抬起灰色的眼睛，越过镜片观察着坐在对面的阿兰·图威斯特，尔后又补充道："我觉得我可以信任您……但是，因为您问及的内容涉及职业秘密，所以请您千万不要告诉别人。这是很多年前的事了，尽管如此，我至今都有些不敢相信……"

"嗯，不得不说，这听起来非常不可思议。"图威斯特微笑着回答，"贝尔先生告诉我，如果这两个姐妹同岁，按理说她们应该是双胞胎，他特别强调了'应该'这两个字。我当然可以想到，或许是一个孩子出生在年初，另一个孩子出生在同一年的圣诞节前后……但我觉得这并非他的言外之意。"

"确实。莉迪和英格丽德是在同一天出生的，确切地说，是1897年12月23日。我记得非常清楚，因为那是圣诞节前夕，我才刚搬到莫顿伯里几周。当时我还在给老查尔斯医生当助手，说实话，那时的我还不太自信。然而，莉迪和英格丽德不是真正的双胞胎，甚至跟双胞胎毫无关系……"

图威斯特刚从口袋里拿出烟斗，此时又放了回去，他皱起眉头，一脸沉思地说："等等，她们是同一天出生的，伊恩·尼尔森和海拉·尼尔森是她们的父母，对吧？"

"她们的父亲是伊恩·尼尔森，但海拉只是其中一人的母亲……"

阿兰·图威斯特若有所思的脸上流露出一丝微笑："也就是说，伊恩·尼尔森有外遇？"

"没错！造化弄人，他的情妇和他的妻子在同一天分别给他生下了一个孩子，当然，他的妻子生下的是一个合法的女婴。这对他来说实在是震惊，因为那是他第一次当父亲，也是最后一次——他的妻子在分娩时去世了。可怜的家伙！我想他当时完全不明白发生了什么。孩子们的降临让他欣喜若狂，而妻子的离世又令他伤心欲绝。而且……"

卡明斯医生若有所思地把手指放在唇边，继续说道："他曾对我说过一番话，给我留下了深刻的印象。那时他已经喝得有些许醉意，喝酒一方面是为了庆祝孩子们的出生，另一方面是为了冲淡自己的悲伤。海拉是个神经紧绷、情绪不太稳定的女人，可以说她性格十分火暴。我并不太了解她，但人们都说她是个歇斯底里的人，还有些人认为她有些神志不清，就连她的丈夫也是这

第十二章 碰碰岩

么认为的。无论如何,当伊恩谈及刚出生的孩子们时,妻子的死对他来说似乎是种解脱。我猜他指的是妻子可能不会接受情妇的孩子。但这又有什么关系呢……啊!我忘了一个重要的细节,海拉分娩时,是查尔斯医生给她接生的。而牧羊人的情妇则是我接生的……天啊,想起来真是离奇!"

卡明斯顿了顿,眼中充满了回忆时的波动和焦虑。他颤抖着继续说道:"那天晚上,有人把我从床上叫醒,告诉我赶紧去给一个即将分娩的女人接生。因为查尔斯医生在其他地方出诊,所以我只能独自处理这件事。当时我还没有任何经验!我惊慌失措,但又无法逃避……其中的细节我就不赘述了。但这还没完,孩子出生之后,年轻的母亲要求我悄悄把孩子送给牧羊人伊恩,因为他是这个孩子的父亲,这已经让我惊掉了下巴。她还告诉我,会给我一笔钱财,让我为她保守秘密。自然,我拒绝了她的钱,但我答应她会立即把孩子交给伊恩。那是多么艰难的一夜啊!孩子在我怀里号啕,路上大雪纷飞,几乎什么都看不见!到了农场后,当我发现查尔斯医生正在给伊恩的妻子接生时,再一次受到了新的冲击……之后海拉就去世了,这对伊恩来说是个巨大的打击,对他年迈的母亲来说更是如此,因为她要同时照顾两个年幼的孩子!啊!我可以告诉你,这两个孩子真是活力充沛啊!她们看起来就像是一个模子里刻出来的,只是小英格丽德的哭声更大,我想是这样!她们都有黑色的头发,就像她们各自的生母一样……"

"那么，莉迪的母亲，也就是伊恩·尼尔森的情妇到底是谁？"

医生缓缓点了点头："我就知道您一定会问我这个问题……真是造化弄人，因为这两个母亲长得非常相似！海拉有一头长长的黑发、深色的眼睛和略微黝黑的肤色，而玛丽·克兰斯顿也是一样……"

图威斯特举起手，打断了卡明斯医生的话："等一下，我有点听不明白了。玛丽·克兰斯顿是庄园主朱利安·克兰斯顿的妻子。这对夫妇本来不能生育，所以，他们在莉迪四岁的时候领养了她，是这样吗？"

"正是如此。1897年12月的那个晚上，我为之接生的女人，也就是牧羊人的情妇，正是玛丽·克兰斯顿！"

第十三章
海妖的尖叫

快到第二天中午的时候,赫斯特警官去了法尔茅斯。他的朋友——法尔茅斯警察局局长给他发来一封电报,要求他暂停手中的一切工作,立即赶过去,却没有给出任何具体信息。是发现新的线索了吗?图威斯特感到一阵疑惑,不过此刻,他的思绪完全沉浸在克兰斯顿家族的兴衰史中。

一整个下午,他都像前一天一样沿着海岸漫步。之前,他特意去看了一下那座老旧的塔楼。那是一座废墟,并没有什么特别之处,只是对恐高或脚下不稳的人来说有点危险。塔楼内部通往顶部的那条螺旋楼梯,以及仅剩两个垛口的顶部平台都没有任何护栏,早就应该被禁止进入。虽然入口处有一扇门,却没有被锁住。这门显然是用不知从哪里找来的旧门匆忙装上去的,门框已经破破烂烂,虽然带了一个从里面上锁的插销,但也只是个摆设罢了。

之后,图威斯特又带着一个小包裹造访了尼尔森家的农场。他到那里时发现大门紧锁,于是把小包裹放在门前并留了一张小纸条，包裹里面是威廉·卢卡斯没能卖出去的五双盖伊牌丝袜。就在这天早上，图威斯特在客栈碰到了威廉·卢卡斯，最终买下了他仅剩的存货。威廉对图威斯特感激不尽，声称如果没有博士的帮助，他将被迫把这些丝袜吃下去，因为他的表兄会严格执行他们的赌约！图威斯特当然不相信这种说法。他心想，就算海妖不需要丝袜，牧羊女也是需要的。他觉得英格丽德应该会喜欢这个礼物。虽然没能见到她令图威斯特有点失望，不过把包裹留在门口并附上小纸条倒也是个好办法，有些当面不敢说的话，写下来就没什么负担。

离开牧羊女家的时候，图威斯特感到十分愉悦，甚至为他的大胆留言感到自豪，他想象着英格丽德发现纸条后的反应。现在，他愉快的情绪又开始渐渐消散了。傍晚，太阳的余晖在雾气中渐渐暗淡，将海水染成了淡黄色。图威斯特一边散步，一边回味着卡明斯医生的话。跟那位词典学家一样，医生把话说完以后，又给人留下了新的疑惑。

阿兰·图威斯特心想，命运可真是难以捉摸啊！一个已婚妇人渴望孩子却总是不能得偿所愿。经历了一次外遇后，她生下了一个女儿，却要立刻与孩子分开。然而，四年后她又和丈夫把女儿领养了回来。至于这个女孩，她以为自己是被领养的，而实际上，她的养母就是自己的生母……

正如卡明斯医生所说，这些事其实是说得通的。当玛丽·克兰斯顿意识到自己怀孕后，结合最近的外遇和夫妇之间的不育问

第十三章 海妖的尖叫

题，她马上就猜到自己怀的是牧羊人的孩子。她能把孩子留在身边吗？莫顿伯里只是个小村庄，如果这个孩子长大后，长得越来越像深色头发的情人而不是丈夫，那么，朱利安很快就会明白谁才是孩子的亲生父亲。他将受到莫大的羞辱，无论他是否愿意，都只能提出离婚。于是，玛丽·克兰斯顿公开了她怀孕的事，秘密分娩之后，又差人把孩子送给牧羊人，并给了一大笔钱，也许这样能让牧羊人的妻子好受一点。然后，在卡明斯医生的帮助下，她对外宣布说自己流产了。

之后的四年里，伊恩和他的母亲独自照顾着两个孩子，玛丽·克兰斯顿很可能私下对他提供了一些经济帮助。后来，伊恩·尼尔森去世了，玛丽认为是时候以领养的方式把自己的女儿接回来了。

"最后她终于得偿所愿，可这中间经历了多少曲折！"卡明斯医生总结道。"但故事到这里还没结束。"他又补充说，"还有一件很奇怪的事情。孩子刚出生的时候，玛丽曾在半疯半傻的状态下，向我吐露了一个秘密。不过，这个秘密就让我的好朋友杰瑞米来跟您说吧，我曾经告诉过他，他是知情的。在这种问题上他可是个专家，比我厉害多了！那是一种非常特殊的诱惑方式，经常出现在古代神话中。"

医生的最后一句话让图威斯特陷入了深思。他的调查有了一些进展，事情逐渐明朗了起来，一些行为也似乎找到了合乎逻辑的解释。比如克兰斯顿夫妇只收养了姐妹中的一个人，这是因为玛丽只想要回她的孩子。可与此同时，新的谜题又出现了，解开其中一个，马上又会牵扯出另一个，甚至好几个。这些谜团交织在一起，形成了一张越来越厚且无法穿透的网。解开庄园主的身份之谜后，莉迪的身世之谜又接踵而至。而现在，两人的身份问题似乎都已经得到了解答，但我们可以感觉到，一些更加难解的问题正在涌现。这些问题将会形成一张诡计交织的巨网，其中就包括了海妖那"无声的尖叫"……

氤氲的海雾从海岸上升起，笼罩着阿兰·图威斯特混乱的思绪。回到客栈后，他径直回到房间，决定厘清主要事件的时间线。根据各处收集到的具体信息，他制作了一个关键人物的简略家谱。

1897年：莉迪和英格丽德出生，与此同时，伊恩·尼尔森的妻子海拉死于难产。

1901年：伊恩·尼尔森去世。朱利安·克兰斯顿和玛丽领养小莉迪。

1904年：衣柜事件暴露了海拉的母亲玛莎与查尔斯·克兰斯顿爵士之间的私情。接下来，海妖发出了尖叫，而查尔斯·克兰斯顿却没有听到。随后，他就在塔楼上被一只长翅膀的海妖袭击致死。（海妖第一次现身。）

1910年：朱利安·克兰斯顿死于海妖的诅咒。当时的他也没有听到海妖的叫声，并在接下来的几天内意外死亡。（海妖第二次现身。）

第十三章 海妖的尖叫

1911年：玛丽去世。莉迪十四岁时，她的监护权交由瑞贝卡姑妈接管，后者带着十二岁的儿子埃德加一起搬到了庄园。

1914年：瑞贝卡去世。莉迪与杰森·马勒森结婚。

1915年：杰森离家。

1918年：杰森从战场归来。

1919年："阿尔戈"号沉船。杰森开始听到脚步声。

1922年8月中旬：杰森回来后，坊间开始再度疯传关于他可能是被人冒名顶替的谣言。"粉色房间"出现了诡异的幽灵。马勒森向我求助。

1922年9月底：我和赫斯特警官同时到达此地。村子里有一个小女孩被尖锐的尖叫声吓到，是海妖作祟吗？

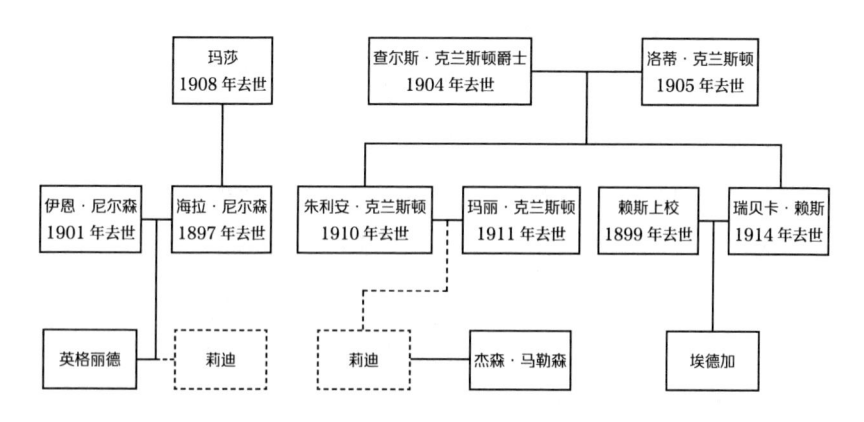

```
                      ┌──────────────┐  ┌──────────────────┐  ┌──────────────┐
                      │     玛莎     │  │查尔斯·克兰斯顿爵士│  │洛蒂·克兰斯顿│
                      │ 1908 年去世  │  │  1904 年去世     │  │ 1905 年去世  │
                      └──────────────┘  └──────────────────┘  └──────────────┘
┌──────────┐┌──────────┐┌──────────┐┌──────────┐┌──────────┐┌──────────┐
│伊恩·尼尔森││海拉·尼尔森││朱利安·克兰斯顿││玛丽·克兰斯顿││ 赖斯上校 ││瑞贝卡·赖斯│
│1901 年去世││1897 年去世││ 1910 年去世 ││ 1911 年去世 ││1899 年去世││1914 年去世│
└──────────┘└──────────┘└──────────┘└──────────┘└──────────┘└──────────┘
┌──────────┐┌┄┄┄┄┄┄┄┄┐┌┄┄┄┄┄┄┄┄┐┌──────────┐┌──────────┐
│ 英格丽德 ││  莉迪  ││  莉迪  ││杰森·马勒森││ 埃德加  │
└──────────┘└┄┄┄┄┄┄┄┄┘└┄┄┄┄┄┄┄┄┘└──────────┘└──────────┘
```

写到这里，图威斯特停了笔，他认为小女孩的事很有可能像警官所说，只是小孩的恶作剧，但他还是隐隐感到了某种征兆。

夜幕已然降临，窗户上的轻薄纱帘被油灯照亮，在暗色毛玻璃的映衬下熠熠生辉。海风吹过时，其中一块纱帘在微微翻动。海浪低沉的哀号声被淹没在客栈模糊的喧嚣声中。偶尔传来一阵爆笑，足以撼动整间客栈。阿兰·图威斯特突然产生了一种不祥的预感，如同十年前在南安普敦码头上目送"泰坦尼克"号离港时的感觉一样。这孤独的一天对他来说漫长而乏味，他已经习惯了阿奇博尔德·赫斯特的陪伴，尽管这家伙总是抱怨个不停，却总能激发自己的灵感。警官才离开了几个小时，图威斯特已经开始想念他了。不过，他在心里暗想，警官应该很快就会回来了。现在是时候下楼吃饭了，尽管他的胃口并不似往常那样好。他看了看怀表，已经是晚上七点四十五分了。

"诡异事件"正是在此时发生的。

一声长长的哀鸣突然响起——这声音时而尖锐，如同海鸥的鸣声；时而嘶哑妩媚，如同小猫的叫声；时而又邪恶，如同狼的嚎叫。

声音似乎是从大海的方向传过来的，不过方向太过模糊，无法准确判断。楼下大厅里震耳欲聋的喧嚣已经安静下来，一阵长久的寂静后，那悲惨的哀鸣再次响起。

阿兰·图威斯特打了个寒战，他从未听过如此阴森的声音。

举着半截断梳的长发海妖再次现身，这世间又将出现新的冤魂了……

第十四章
真假难辨

（一）

片刻之后，图威斯特飞奔下楼冲进大厅。一些顾客瞪大眼睛环顾着四周，其他人则举着手中的酒杯呆若木鸡。然后，那些苍白的面孔渐渐恢复了血色，人们开始迅速低声交谈起来。所有人嘴里都在说着海妖的名字。是海妖发出了阴森的号叫吗？大家似乎都对此深信不疑，但叫声的来源却众说纷纭。大多数人认为是在西边，从飘窗那里传来的；有些人觉得是从很近的地方传来的；还有人认为声音来源于更远的地方，是从大海的方向传来的。大厅里乱作一团，几乎没人注意到赫斯特警官的到来，除了迫切等待他的图威斯特。

跟其他人一样，警官面色煞白。这天晚上，客栈里所有人的脸上都写满了恐惧。警官也听到了那可怕的尖叫声，他正准备发话，此时客栈老板声如洪钟的发言盖过了所有人，他大声吼着让人们安静下来。可就算是他,也不得不喊了两次,嘈杂的交谈声才最终停了下来。老板要求听到尖叫声的人都报告一下,回答声从四面八方响起,场面又变得热闹起来。这一次,他费了很大的劲才让人群再次安静下来。

"我刚刚不该这么问,"客栈老板紧绷着脸说道,"你们当中有谁没有听到尖叫声?"话音刚落,大厅里陷入一片死寂。大家向四处投射出审视的目光,警觉地观察着哪个不幸的人会举手。几秒钟过去了,没有人出声,也没有人有任何表示。老板重复了他的问题,依然没有得到回应。

"那么,"老板用激动的声音颤抖地宣布,"这意味着所有人都听到了那不祥的海妖的叫声!如果大家都听到了,那就说明她邪恶的咒语已经失效了!至少她不会在莫顿伯里兴风作浪了!从今天开始,她再也不能像过去那样如此轻易地找到受害者!先生们,我相信这个老巫婆很长一段时间内都不会再现身了。为了庆祝,我请大家喝一杯!"

这番话引起了一阵雷鸣般的掌声,没过多久,大家似乎都把刚才发生的事忘得一干二净,老板已经开始忙于应付客人们的催单了。那天晚上,莫顿伯里的人们似乎比平时更口渴,也更兴奋,因为他们认为厄运已经被驱散。唯有阿兰·图威斯特和警官坐在大厅的角落里,显得与客栈客人的欢快气氛格格不入。

"那叫声真是让我毛骨悚然。"警官向图威斯特解释道,"当时我离客栈大约还有十米远,我有些恼火,因为把我从法尔茅斯

第十四章 真假难辨

载回来的司机坚持在路口拐角处就停了车，借口说再远一点就很难掉头了……我猜他是急着赶回家，导致整个行程开得飞快，像个聋子一样根本听不到我在说什么！当我听到有人跑过的声音时，便加快了脚步……那人离我很远，而且外面很黑，我什么也看不见！总之，当我走到客栈附近时，这可怕的尖叫声就响了起来！我吓得一动不动地待在原地，然后又传来了第二声长长的号叫……"

"声音是从哪里传来的？"

"我不知道，"赫斯特失神地回答，"但它确实离得很近……可能就在我前面，又或许是在客栈那边……真的很难确定，包括第二声尖叫，我也无法判断具体位置……您知道，我当时一个人在外面，先是听到了匆忙的脚步声，而且还看不太清楚……我真是害怕极了！等我恢复平静，朝客栈门口走去时，就看见了您……"

警官突然沉默不语，他的眼神开始变得阴沉，随后又郑重地补充道："但是，图威斯特，我还忘了告诉您最重要的一点：今天斯托斯伯格告诉了我一件令人十分震惊的事！"

"跟杰森有关吗？"

"当然，除了他还能是谁？但是，根据我们刚刚收到的信息，他的情况简直可以称为荒唐！荒唐到令人抓狂！我这辈子从未遇到过这样的情况！您听我说……"

（二）

杰森·马勒森坐在壁炉前，静静品味着杯子里的白兰地。他若有所思地看着火苗，似乎很放松。然而，他偶尔也会抬起头看着帆船模型，额头上露出因苦恼而挤出的皱纹。此时的他陷入了沉思，接着又喝了一口白兰地，仿佛是为了驱散内心的痛苦。

他听到客厅的门被打开，然后莉迪坐到了他身旁。莉迪静静地看着火炉，她搓动着双手，一副忧心忡忡的样子。时钟在七点四十五分响起，似乎在催促着她开口。

"杰森，我有件事……"

"我猜，是跟埃德加有关吧，对吗？"她的丈夫嘲讽地回答。

"埃德加？不是！我甚至都不知道他在哪里！你也注意到了吧，他没有回来吃晚饭。是小奈莉……她说下周不能来干活儿了，因为她要去姑妈家……"

"呵，好吧，这已经是近十天内的第二个'好消息'了！朱莉娅、奈莉，更别提伊丽莎白，她已经杳无音信了！"

"你明明知道，她在休假期间患了百日咳，需要一段时间才能康复！"

"那下周谁来替她工作？"

"这就是问题所在。我已经想过了，可是目前还没能在村子里找到合适的女佣人选……"

杰森·马勒森点了点头，再次陷入沉思。此时，走廊里响起

第十四章 真假难辨

了脚步声，紧接着客厅的门被打开了，威廉·卢卡斯走了进来。这位前推销员刚在扶手椅上坐下，外面又传来了脚步声，接着便是门吱嘎作响的声音。

埃德加突然闯入了客厅。他看起来神色匆忙，一张脸煞白，茫然地四处张望着，甚至没有注意到房间里其他人的存在。然后他朝酒柜走去，笨拙地打开它，玻璃器皿发出了清脆的撞击声。他在柜子里翻找着，然后拿出一瓶威士忌和一个杯子，将威士忌倒满了酒杯，猛地喝了一口。他的眼睛变得模糊，同时开始轻声咳嗽。然而，他咽了咽唾沫，像是下定决心似的一口气喝光了剩下的酒。

马勒森夫妇和卢卡斯看得一脸惊恐。

"埃德加！"莉迪惊呼道，"你怎么了？"

年轻人转了转眼睛，没有给出任何回答。他站在原地，就像一个被打晕的拳击手。然后他缓缓走向房门，离开了客厅，跌跌撞撞的脚步声在走廊中慢慢消失。

"他看起来不太对劲啊！"沉默片刻后，威廉评论道。

"对，你说得没错。"杰森皱着眉头说，"我从未见过他喝威士忌，从前他可是滴酒不沾……"

"他看起来像是撞见鬼了……"

"不一定。一点小事就能吓倒他，一只蜘蛛都能把他吓得卧病不起！"

莉迪突然起身离开了客厅。两位表兄弟面面相觑，摇了摇

143

头,然后倒了第二杯白兰地。随后,威廉谈起了女人的母性本能,那是一种源自远古时期的、与生俱来的神秘情感。不过,他没来得及展开这个话题,因为不到十分钟,莉迪就回来了,她的脸上写满了深深的焦虑。两个男人立刻明白了,这可不是开玩笑的时候。

莉迪双手交叉放在胸前,断断续续地说道:"埃德加把自己关在房间里,不愿意见任何人……他只告诉我他看到了……天哪,太可怕了!……快,我们必须通知侦探!"

(三)

赫斯特警惕地朝四处看了看,然后俯身向他的同伴低语:"我们向法国警方申请,调出了帕特里克·德根的相关信息,斯托斯伯格今早才刚拿到。首先是关于他的出身:原来他并非法国人,而是英国人。他是汉普郡一位男爵的儿子,从小就是个无法无天的顽童,年轻的时候更是无恶不作。十七岁时,他离开家乡与一位年轻寡妇一起去了法国生活。骗取了她的财产之后,他又开始接二连三地欺骗其他女人,并且屡试不爽……警方追捕了他一段时间,差一点就能抓住他了,却被他逃回了英国避难。正好在那个时候,英国开始招募第一批前往比利时前线的志愿军。这对他来说是一个改过自新的机会,在某种程度上也是洗清家族耻辱的好机会。就在那个时候,他结识了杰森·马勒森。"

"难怪他如此精通英语,"阿兰·图威斯特说,"但我不明白,这究竟有什么好令人震惊的。"

"马上您就知道了。正如我们所知,此人应该已经在前线战死。他拥有高超的棋艺,他的外貌与杰森·马勒森几乎一模一样,这些细节都无须再提。但是,我们现在还掌握了一些与他性格相关的信息。如果仔细回想庄园主从战场上回来以后的变化——帕特里克·德根是个谈吐得体、穿着优雅的人,他总是精心搭配他的领带。不仅如此,他还是个幽默健谈、机智风趣的伴侣。他喜欢白兰地和法国文学,尤其喜欢看一些名家写的风流韵事。除此之外,他不喜欢动物。唯一具有辨识度的就是他那细长的小胡子,每当陷入窘境时,他就会不停地捻着胡须末端……"

在这短短的几秒钟里,图威斯特感到自己的理智正在慢慢瓦解。这些描述与他所认识的杰森·马勒森完全一致。无数细节在他的脑海中涌现,图威斯特从一开始就觉得这些细节十分蹊跷:为何向杰森提议下棋时,他显得如此犹豫不决;为何他自己的狗会朝他大声咆哮;为何他的态度如此令人生疑;他经常整理自己的领带,尤其是在妻子面前;他还总是忍不住摆弄着自己的小胡子;他特别喜欢白兰地。还有一处更重要的细节,他的书架上摆着一些法语书,这些书的作家正是以写风流韵事而著称……更何况,这些书在庄园主的藏书当中显得如此格格不入。当有人注意到这些书的时候,他的反应也十分奇怪……所有的细节都足以说明问题。

"这简直太不可思议了。"图威斯特终于开口,"据我们了解到的情况,如果那些证词和心理特征信息都准确的话,一位战前忠厚的乡村绅士,在战后归来之时摇身一变,成了像帕特里克·德根那样风流轻浮的年轻贵族后裔。也就是说,这个杰森是个骗子!可是,我们分明已经确定了他的身份!"

警官的脸涨得通红,他攥紧拳头说:"这就是让我抓狂的地方!我们手里既有证明他清白的确凿证据,同时又有证明他罪名的证据!我们一番调查,却得出了自相矛盾的结果!这简直不可理喻!我从没见过这种事!一件事要么是真的,要么是假的!它只可能存在或不存在,不可能有第三种情况,对吧?图威斯特,您说是不是?我觉得自己快要疯了!"

"我也摸不着头脑了,"图威斯特点点头说,"但也许是我们弄错了。人们总是倾向于认为一件事情只能是真的或是假的——为什么不能'亦真亦假'呢?为什么一件事不能既是正面,又是反面呢?"

警官突然顿住,凝视着自己的同伴,似乎对图威斯特的精神状态也产生了怀疑。

"一件事既是正面又是反面?"他语速缓慢地重复道,"一个女人可以是男人,一个小矮人可以是巨人,一只老鼠也可以是大象,您想说的是这个意思吗?"

"从某种程度上来说,就是这个意思。"

第十四章 真假难辨

"抱歉，我不太明白。"

"别担心，我也不明白自己在说什么，我也在怀疑自己。但是，我正在尝试理解，想办法解开这个悖论，我想，一定有办法可以解开它！"

警官清了清嗓子，语气缓和地说："您恐怕是把神秘现象和悖论混为一谈了。在我们这些可怜的人类头脑能够理解的范围内，神秘现象通常是可以解释的东西……"

"我完全赞同！"

"而悖论是无法解决的。这是一种逻辑上的对立，没有解决办法！"

"这点我也同意！"

"那么您还坚持刚才所说的吗？一件事可以是正反两面？"

"事实似乎证实了这一点。"阿兰·图威斯特谨慎地回答道，"我承认，这样的推理有些离经叛道，但我们可以确定的是：这世上没有绝对的事……"

此时，一位访客走进了客栈，图威斯特和赫斯特马上认出了那是威廉·卢卡斯。只见他满脸通红，神情凝重，完全不似往常的轻松。他焦急地在大厅里环顾一周，发现这两位伦敦来客后，便立即朝他们走去。

威廉上气不接下气地对他们说："你们赶紧来庄园一趟……埃德加……他看到了海妖，却没有听到叫声！"

第十五章
恶魔再次降临

过了一会儿,在阿兰·图威斯特的耐心安抚下,埃德加才清晰地叙述了事情发生的经过。当时他散完步正准备回家,大约在晚上七点四十五分经过了客栈。客栈门前通往庄园的路口处有一个公共喷泉,喷泉后面是一片灌木丛。突然,海妖的头从灌木丛中冒了出来。一开始,埃德加只是对这个突然出现的神秘生物以及它的奇异外观感到惊讶,然而,当他看到海妖那张苍白的脸、翻白的双眼和紧握在手里的半截梳子时,他才意识到海妖正在尖叫,而他却听不到任何声音。他吓得拔腿就跑,赶紧躲进了庄园。

尽管埃德加尽力描述了海妖的外貌,却无法给出更详细的画面。他们的照面只持续了几秒钟。昏暗中,他只看到了她偏深色的长发、狂怒的眼神、苍白的肤色,还有那张被仇恨扭曲的脸,没有注意到其他特征。

在跑向庄园的路上,他也没有听到海妖发出的第二次尖叫。

第十五章　恶魔再次降临

马勒森夫妇和卢卡斯认定埃德加是在晚上七点四十五分后不久回到家中的。客栈的许多亲历者，包括图威斯特本人，都听到了海妖发出的尖叫声。从客栈跑回庄园只需三分钟到四分钟，时间点大致是吻合的，埃德加本该可以听到连续的两次尖叫声——这声音并不算特别响亮，只是音调极高，让人感到阴森可怖。不过，尖叫声没能穿透庄园的厚墙，庄园里的人都没听到任何动静。

被反复询问之后，埃德加也开始怀疑起自己的证词，仿佛经过对事件的回顾后，让他看得更加清楚了。

"在散步的时候，我完全沉浸在自己的思绪当中。"他双手握紧摆放在膝盖上，"我怀疑自己是不是在做白日梦……"

"平时这种情况也经常发生吗？"赫斯特问道。

"是的，经常发生。如果我不停地想象一件事情，最终就会相信它是真实存在的……"

"比如——？"

诗人的脸色突然变得苍白："我总是在想着一个人……一个我非常珍惜的人，不幸的是，她已经不在我身边了……我的想象如此真实，有时候我甚至感觉可以触碰到她……"

"我想，您说的总不能是那个可怕的海妖吧！"警官开玩笑地说。

"当然不是。但想到最近发生的这些事情……总之，我的意思是，这个海妖长得和噩梦里的模样完全一致，这太不可思议了，实在让人难以置信。"

"您的解释听起来很有道理。但还有一个问题，那就是尖叫声。所有人都听到了，只有您没有听到。"

"我知道，"埃德加有气无力地回答，眼神却停在了帆船模型上，"当我进入忘我的状态时，就听不到周围的任何声音。"

他的眼皮耷拉着，满脸透着悲伤，不像是说谎的样子。那双修长的手微微颤抖着，诗人开始感受到自己的情绪。

赫斯特深深吸了口气，犹豫着说道："好吧，暂时先这样吧。我很高兴您能这么想。不过，您还是要提高警惕，我建议您今晚不要离开房间，明天最好也不要独自去悬崖边散步。换作是我的话，我一定会闭门不出……"

"没错，"莉迪严肃地表示同意，"这样更安全。天哪，埃德加，你看上去疲倦得要命。你该去睡觉了。嗯……先生们，如果你们没有其他问题要问他的话，那……"

"目前就问这么多吧，"赫斯特做了个安抚的手势说，"我们明天有的是时间再谈。"

埃德加顺从了表姐的建议，没有表示抗议。他向访客们道别，然后离开了客厅。

卢卡斯评论道："看来威士忌对他可是大有益处啊！不过他已经喝得烂醉了。看得出来，这家伙一点酒力都没有。"

"埃德加从不喝酒。"莉迪说道，目光依然注视着埃德加身后关上的客厅门。

第十五章 恶魔再次降临

"对了杰森,我们来点上等的香槟怎么样?"卢卡斯接着说道,"今天发生了这么多事,我们喝一点不为过吧?"

杰森应允着起身。

警官脸上突然展现出一丝诡谲的微笑,他满脸通红地问道:"马勒森先生,说到白兰地,我倒有个小问题要请教您,也想问问您的夫人。据我了解,从战场上归来后,您就突然爱上了这种饮品,是吗?"

庄园主略感吃惊,然后笑了起来:"是的,没错。要知道,我们可是在战壕里待了三年,喝了那么多的水,而且只有水喝。曾经很多战友都发誓,只要能够活着离开这个地狱,就再也不会喝一滴水!"

"我明白,"赫斯特假装会意地说,"但我想说的是,您以前更喜欢喝的是啤酒而不是白兰地!至少客栈里的一些常客是这么说的。是不是,马勒森夫人?"

"确实是这样,但我不太明白您的意思……"

"您想说什么?"马勒森眯起眼睛问道。

"我是想说,帕特里克·德根也非常喜欢喝白兰地。"

"您还在怀疑我的身份吗,警官先生?"马勒森放下酒杯,揶揄地说道。

"可以这么说,但也不完全是。我就不跟您卖关子了,我今天得到了一些关于帕特里克·德根的情况,他曾经是您的朋友,我会把这些信息都告诉您。马勒森先生,现在事情已经变得扑朔迷离，令人难以忍受，我希望这些谜团能得到您的解答，因为我必须承认，这些事情在我这里是无法解释的。"

在随后的一刻钟里，警官讲述了法国警方对这名诈骗犯的最新调查结果，并仔细分析了庄园主战后以来发生的性格变化，不仅如此，这些变化都与帕特里克·德根出奇地吻合。

等警官结束陈词，马勒森握着酒杯的手微微颤抖了一下，但他看起来仍然一身轻松。

"那么，您想知道什么？"他问道。

赫斯特毫不客气地反问："您为什么会发生这样的转变？"

"有很多原因……"

"好吧，那就先解释一下，为何您突然变得像德根一样如此注重着装，如此看重您的领带？"

马勒森思考片刻，闻了闻杯中的白兰地，然后抿了一小口："关于白兰地的问题，我刚才已经做出了部分解答，现在我会说得更详细一些，而且，这也将顺带回答其他的问题。当我遇到帕特里克·德根之后，他的性格给我留下了非常深刻的印象。如您所知，我们长得很相似，但他比我优雅得多。虽然我也常常听闻关于他的一些谣言，但能够成为他的朋友，让我感到非常自豪。他是个风趣幽默、魅力四射的人，总是给人惊喜，总能说出各种各样的趣事……"

"一个骗子想让受害者放松警惕时，肯定会表现得和蔼友善！"赫斯特嘟囔道。

第十五章　恶魔再次降临

"我不得不承认，德根对我产生了很大的影响。显然，我们没有机会去光顾上流社会的社交场所，但每当我们在战壕里苦苦煎熬时，他总是知无不言言无不尽地向我描述他从前的生活，这样怀旧的情绪使我备受感染。纵使他已不在人世，他的影响仍然留在了我身上。我渴望成为一个像他一样的人，经历了三年血腥泥泞的生活之后，我想换一个人生。我开始品尝他喜爱的白兰地，因为我们在战壕里喝水的时候，他总是跟我念叨着白兰地是天上琼浆；我开始留起他那样的胡须，因为我觉得留着胡子的他十分优雅；我也开始戴起漂亮的丝质领带，他却再也没有机会戴了……以上就是我的解释。您可能会对如此简单的解释感到有些失望，但警官先生，您不能否认，事实往往就是最简单的。"

赫斯特观察着其他人，想看看他们会作何反应。莉迪·马勒森似乎在挑剔地审视着自己的礼服，卢卡斯品着他的白兰地，而图威斯特似乎完全陷入了沉思之中。

"我猜，您还会模仿他捻弄胡须的习惯，对吗？"

"大概是吧。三年来，我每天都看着他这么做，当然也养成了这个习惯。"

"那又该如何解释您的狗的反应？为何您如此急于摆脱它？"

马勒森抚了抚胡须，立刻露出了笑容："那是因为它变得很危险！它对我表现出如此威胁的态度，我只好这么做。您得知道，我心里也很不好受……毕竟我的老伙计把我当成了小偷。"

"这就是令人费解的地方——它为何会把您看作威胁？"

庄园主摇了摇头："我也不知道。对此，我也做了一些猜想，但是很抱歉，我没有任何办法证明这些猜想。塔索特也不会说话写字……塔索特是狗的名字。"

"您说说看。"

"我觉得可能是我身上的气味发生了变化。众所周知，狗对气味十分敏感。经历了三年的战争岁月，我的身边充斥着汗水、泥泞、鲜血、火药和堆积成山的尸首，我必定已经沾上了它们的气味，塔索特肯定是嗅到了这种尸体和死亡的气味。这个分析就由你们自行判断了。虽然我不能保证这就是正确答案，但这似乎是可能性最大的解释。"

赫斯特警官点了点头，摩挲着下巴。不可否认，到目前为止一切都很合理。他再次转向图威斯特，后者也提出了疑问："我曾在书架上看到了几本萨德的小说，那些书大多是关于神秘学和奇幻文学的。它们在书架上显得十分突兀，因为那是您唯一的法语书……而帕特里克·德根也恰好爱读这类书！这些书为何会出现在您的书架上，您对此如何解释？"

"可是图威斯特先生，您自己已经回答了这个问题！那些是帕特里克·德根的书。他去世后，我无法排解对他的思念，所以保留了这几本遗落在他床底下的书。"

图威斯特的脸上露出一丝狡黠的笑容："您似乎对所有问题都对答如流，骗子德根先生。"

第十五章 恶魔再次降临

"这并不是我的功劳，因为这一切都是事实！不要忘了，它们刚刚在您的面前得到了证实！"

"确实，"卢卡斯也愉快地表示赞同，"我觉得现在是时候把这些旧账抛到一边了。"

"马勒森先生，我还有最后一个问题，"图威斯特摩挲着下巴插话道，"这个问题跟您的棋艺有关……"

"只要有空闲时间，我就会和我的伙伴帕特里克一起下棋！"庄园主略带不悦地说，"您说得没错，帕特里克是个名副其实的象棋大师，有了这样一位老师，我的棋艺自然就突飞猛进了。"

"确实如此。马勒森先生，我很想与您下一局棋，上次我好像已经邀请过您了。我认为自己还算是个优秀的棋手。如果能和本地最优秀的棋手切磋技艺，我将不胜荣幸。人们都说，自从您回来以后，您就成了全村最厉害的棋手……"

马勒森顿了一下，脸色突然变得苍白："一般来说，我只跟自己下……"

"我知道，那也是德根生前的一项才能，您自然是继承了他的衣钵。但既然周边的高手已经是您的手下败将，您总不能拒绝和我小试一局吧？"

杰森·马勒森犹豫片刻，然后回答："当然可以。不过我们改天再约吧，今天我感觉不太舒服。"

"当然，这也不是什么紧急的事。"图威斯特平静地说道，他用异样的目光注视着庄园主,后者却避开了他的目光。

沉默良久后,马勒森说:"图威斯特先生,顺便问一下您的调查有进展了吗?"

"您是指关于阁楼上幽灵的调查?"

"当然了!不要忘了,这才是我请您过来的目的。"

"说实话,我并没有取得太大进展。在此期间发生了太多事情……"

"那我可太清楚了,因为我碰巧成了您最主要的调查对象,甚至可以说是唯一的调查对象。"

莉迪挽住丈夫的胳膊,安抚地说道:"杰森,你觉得我们还有必要继续关注这件事吗?你不觉得这是在小题大做吗?也许我们只是在做梦。"

"做梦?"马勒森吃惊地说,"难道埃德加、你,还有我,我们三个人都在做梦?紧锁的房间被自动打扫干净了,里面的灯还亮着,这也是在做梦吗?"

"也许不是,"莉迪低着头回答,"但我觉得现在有更重要的事情……比如那个威胁到埃德加命运的诅咒。你觉得他真的遇到了危险吗?"

"埃德加,埃德加,埃德加!"马勒森恼怒地重复着她的话,语气里满是不悦,"要我说,埃德加就是个胆小鬼!"

莉迪把手抽了回去:"杰森,你怎么能这么说话?"

"他是在做白日梦,他自己也承认了!从一开始我就觉得他

第十五章 恶魔再次降临

不过又是在做梦,因为埃德加绝不是遇事果敢冷静的人。他就是个幻想家,终日浑浑噩噩,只活在自己的幻想中,对现实世界毫无概念!如果他能在泥泞的战壕中摸爬滚打几个小时——我可是在那里待了整整三年!如果他像被追捕的野兽一样,必须时刻想着明天是否能活着,我可以向你保证,他定会从梦中惊醒,回到现实世界中来!"

"这难道是他的错吗?他还这么小,而且你也知道,他无法承受那样的事情!"

"没错,我完全清楚,他就是个懦夫,一个动不动就吓破胆的胆小鬼!"

"杰森,你太恶毒了!简直没心没肺……你……你就是个'冰冻人'!"

面对妻子的指责,庄园主的态度缓和下来。"你误会我了。我想说的是,我们不能完全相信他的话。"然后他又皱着眉头补充道,"'冰冻人'?为什么我是'冰冻人'?"

"因为你太冷漠,你的话让我全身冰凉!"

"这比喻可真新鲜……"

"不是我说的,但是……"莉迪咬了咬嘴唇。

"是埃德加说的,对吗?他把我当成'冰冻人'?真是让人高兴呢。不过别担心,我也会为他找到一个合适的名字的……"

赫斯特清了好几次嗓子,然后果断地插话:"我们已经偏离话题了。鉴于埃德加沉迷幻想的性格,他的证词可能有失偏颇;

但考虑到您的家族历史，我认为还是应该对这件事保持谨慎。接下来的日子里，他必须严格遵守我们的指示。"

"马勒森先生，您相信魔鬼的存在，对吗？"阿兰·图威斯特直截了当地发问，像是刚从沉思中苏醒过来。

犹豫片刻后，庄园主回答道："某种程度上来说，可以这么认为。您为什么这么问？"

"我在回想这个世纪初以来一直困扰着这个地方的一系列事件。我们已经谈过这个问题，而我对此也越来越确信：那些悲剧、神秘现象以及众多的巧合，比如粉色房间里摇摇欲坠的衣柜轰然倒下，正是在查尔斯·克兰斯顿向魔鬼发起挑战之后。由于倒下的衣柜，一封揭示他不堪之情的信件被发现，随后海妖现身，不久之后他就突然死去。然后便是他的儿子……人们普遍认为，向魔鬼发起的挑战是随后一系列悲剧的根源，魔鬼的自尊似乎受到了伤害，它想要证明蔑视它的人将会受到严惩！更何况，自从您来到庄园以后，它似乎也在对您进行报复……

"你们的家庭生活被战争打破。先是经历了战争的痛苦，战后生还，又遭到人们对您身份的怀疑，接下来又经历了海难。直到目前，您都安然无恙地脱身，正因为您是个'冰冻人'，我的意思是，您像冰山一样坚强。然而，最近您的阁楼开始闹鬼，还有今天这件事，这奇怪的叫声……"

马勒森一言不发，脸色惨白，眼睛紧紧盯着阿兰·图威斯特，后者继续说道："您刚才问我的调查进行得怎么样了，我说还没有取得太大进展,事实确实如此。但是我越来越强烈地感觉到,这一切都是魔鬼在作祟。为了扭转命运,我们必须做最坏的打算,恐怕这不会是一场公平的较量。"

第十六章
宙斯的诡计

第二天,警官和阿兰·图威斯特回到庄园,准备再次向埃德加了解情况,但他像往常一样阴郁寡言,无法提供任何信息。下午,两人决定在庄园周围实施秘密监视。监视了一段时间后,图威斯特决定暂时放下手中的工作去拜访牧羊女。这次比上次走运,他到访的时候英格丽德刚好在家。只见她坐在扶手椅上,手里拿着一本书,一条羊毛毯一直裹到了脖子。看到图威斯特来了,她对他友善地笑了笑,这让图威斯特的心怦怦直跳。在他看来,牧羊女的双眼和笑容似乎是世界上最迷人的事情,他难以掩饰自己内心的激动。

牧羊女向他表达了歉意,她前一天着凉了,不得不以如此惨淡的形象接待他。然后,她开玩笑地说自己被"罚"读书一整天。

"这是卡明斯医生给您开的心灵安慰剂吗?"

"噢,只是个小感冒,不用看医生就能痊愈!等到明后天,我就又生龙活虎了。对了,我还想说……"牧羊女略带尴尬地笑了笑,脸顿时红了,"谢谢您送的袜子!是您送的,对吧?"

"嗯……是的。"图威斯特承认道。他突然尴尬得满地找缝。

"我还看到了您留的小纸条……您真是太好心了!只是……这让我有些尴尬,因为……嗯,这不太合适。"

图威斯特咽了咽唾沫,然后勇敢地抬起头看着牧羊女:"我可以问一下您订婚了吗?"

英格丽德沉默了一阵,然后回答道:"是的,我想我已经与人订下了婚约……"

图威斯特一直以为她过着完全孤独的生活,正当他想表达自己的惊讶时,又改变了主意,只是说了句:"那也不妨碍您接受这些袜子,不是吗?反正我也用不上这东西。"

"我在这里也没有什么穿长筒袜的场合,但我还是很喜欢您的礼物。"

过了一会儿,他们不再谈论袜子,而是把话题转向了尼尔森家族和克兰斯顿家族的不解之缘。图威斯特希望向这位年轻女士说明,两家之间的冲突毫无意义,已经是上一代的恩怨。而且据他所知,莉迪·马勒森女士,也就是她的姐姐,似乎非常渴望恢复联系。他的徐徐劝导似乎缓和了英格丽德对姐姐的仇恨。

"也许吧,您说得对。莉迪从未对我做过什么不好的事情。我之所以恨她,是因为她成了克兰斯顿家族的人。他们给我的家族带来了许多痛苦。您之前说过,我的外祖母玛莎和查尔斯爵士之间有过一段私情，是吗？"

图威斯特点了点头，牧羊女的脸色开始变得苍白："那是爵士单方面的感情，甚至完全可以说他自作多情。外祖母玛莎是个相貌不错的女人，那时的她刚刚失去丈夫，却遭到查尔斯爵士的强迫，如果您明白我的意思的话。有些人把她的呻吟误认为是欢愉之音，事实上那只是她绝望的哀号，是痛苦和羞耻的呐喊……但您知道，克兰斯顿家族声名远扬，而尼尔森家族声名狼藉，即便玛莎进行申诉，人们也不会相信她，甚至懒得理她，她只能默默忍受这一切。"

"所以说，查尔斯·克兰斯顿爵士是个残暴之徒？"图威斯特惊讶道。

"他平时不是这样的。我曾听说，他性格温和，也是真心地爱着他的妻子。但他突然对玛莎产生了迷恋之情，而且似乎无法抑制自己强烈的感情。玛莎曾多次试图劝阻他，甚至还给他写过一封信……您应该听说过那封被泄露的信件，是从一本书里掉出来的。就是那封信……"

"我可以想象查尔斯爵士夫人的反应。"图威斯特叹道。

"不久后，爵士又离奇身亡。这件事给玛莎带来了巨大的伤害，她遭受了最严重的指控……"

"我知道，有人指责她是致命的海妖。"

"是的，人们都说是她一手酿成了悲剧，然而她只是受害者。后来，她离开这里去了伦敦，从那以后，我再也没见过她。

据说她过着悲惨的生活，两三年后死于肺炎，我只知道这么多。但她是无辜的，人们对她的一切指责都太不公平，想到这些事，我就义愤填膺！"

愤慨地说完这些话后，英格丽德清澈的眼睛已经湿润了。

"唉！正义并不总是能得到伸张，"阿兰·图威斯特神情严肃地说，"这充分证明了邪恶的存在。"

"在阅读史料时，我也常常在想，恶人并不总是遭到恶报。有时，他们甚至是胜利者……"

"而且，历史是由胜利者书写的。"图威斯特补充道，"再说回您的外祖母吧，我突然意识到您应该见过她几次，因为您是1897年出生的，查尔斯爵士是在1904年去世的，而玛莎的去世时间更在爵士之后。"

"是的，我还记得一点。但是，如您所知，我是被祖母抚养长大的。玛莎和祖母相处得并不好，而海拉——玛莎的独生女，我从未见过的母亲——去世以后，她们之间的来往就更少了。回想起来，我觉得玛莎把女儿的死归咎于婆家，因此她总是避免回到农场。但这并不妨碍我去看望她……我还记得她那头长长的黑色鬈发……"

图威斯特赞叹地说："就跟您的长发一样。"

"我觉得玛莎的样貌属于典型的地中海人，"英格丽德愉快地说，"她就来自马耳他。显然，莉迪和我都从她那里继承了一些东西……"

图威斯特不禁想到两姐妹之间复杂的血缘关系，她们有共同的父亲，而莉迪的养母就是她的亲生母亲。不过，他也知道这个秘密不该由他来捅破，终有一天她们会得知真相，但他不确定这对她们是好还是坏。

牧羊女继续说："玛莎不像我的祖母那样会照顾孩子，但她非常善良！无论如何，我敢向您保证，她绝对不是致命海妖！"

从英格丽德那里离开后，图威斯特不禁再次回想起查尔斯爵士，不知他在世时到底受到了什么邪恶力量的影响。他似乎和妻子洛蒂过着平静的生活，他们看起来是一对非常和睦的夫妇，但他突然迷恋上了另一个女人，在遭到拒绝以后，还死缠烂打，甚至不惜使用暴力。

但这样的事在莫顿伯里已经算不上什么新鲜事了，还有更多的"惊喜"在等待着阿兰·图威斯特。

这天晚上，图威斯特和赫斯特警官一起去庄园了解埃德加的情况。他状态良好，这一天没有发生任何意外。他们离开时再次提醒，要保持警惕，不过大家的恐惧感都有所减轻。海妖的诅咒似乎已经被海风吹走，整个下午都能听到海风阴森的呼啸声。

到了晚上九点左右，风稍微平息了一些，却开始下起雨来。图威斯特突然想起卡明斯医生提到的那些关于杰瑞米·贝尔的隐晦之言，所以他决定去拜访这位词典学家。他到的时候，杰瑞米正在烟雾弥漫的书房中弯腰低头看着书。老人热情地接待了他，还表示考虑到海妖的最近一次现身，他早已预料到图威斯特会登

第十六章 宙斯的诡计

门拜访。

时间一分一秒地过去，壁炉里的火欢快地噼啪作响，他们一边酣畅地喝着啤酒抽着烟，一边热切地交谈。图威斯特非常信任这位老人，向他详细介绍了最新的调查细节。杰瑞米·贝尔对这些事做出了一些睿智的评论，还联想起记忆中的各种逸事，充分展示了他的博学多才和风趣幽默。他们聊得如此畅快，图威斯特几乎忘记了此次拜访的目的——"那是一种非常特殊的诱惑方式，经常出现在古代神话中"，这是卡明斯医生的原话。当图威斯特谈到这件事时，已经接近午夜了。

"噢，弗雷德这个家伙！"贝尔大叫道，"这件事明明是他告诉我的，可他却让您来找我，让我解释给您听！"

"在古代神话这个领域，您可能比他更专业……"

"那是当然！这很容易解答！宙斯的风流韵事可谓是众所周知。唉，说真的，弗雷德这个家伙总是能给我惊喜，他总有办法逃避责任。"

"毕竟他只是个医生……"

"正因如此，他不管干什么都事出有因，都会被原谅！再说回我们的事情，我们必须承认，莉迪的神秘身世实属罕见。这位母亲偷偷把孩子带到世界上，却马上抛弃了她，然而几年后又假装收养了她……但最令人称奇的还是玛丽·克兰斯顿的受孕方式，以及她的行事动机！一会儿您可以发表意见，我先从著名的大力神诞生事件开始讲起，不过您或许还记得这个故事吧，哲学博士先生？"

"是的，大概记得一点。"阿兰·图威斯特微笑着回答，"伟大的宙斯爱上了安菲特律翁的妻子阿尔克墨涅。有一天，安菲特律翁外出打仗，宙斯乘机变成了他的样子，潜入他妻子的床上……"

"九个月后，著名的大力神赫拉克勒斯就诞生了。他是半人半神的存在，因为他的父亲是宙斯。哦，年轻人，您知道吗？莉迪也是这样出生的！只不过这次是一个名叫玛丽·克兰斯顿的女人采用了宙斯的诡计。不知您是否知道，牧羊人的妻子和情妇的样貌非常相似，这也解释了莉迪和英格丽德的相似之处。有一天晚上，趁着海拉·尼尔森突然外出，玛丽·克兰斯顿化身为牧羊人的妻子，钻进了他的被窝。不要问我细节，比如牧羊人是否察觉到了这一点、她是否重复了这样的行为，以及伊恩最终是否识破了这个诡计，这都不重要！总之，莉迪降生的那个夜晚，玛丽无奈地向卡明斯医生吐露了这个秘密。"

杰瑞米·贝尔一口干掉啤酒，又补充道："那么，您怎么看呢？玛丽·克兰斯顿不惜一切代价想要一个孩子，绝望之下找了一个情人，这是可以理解的。她选择了一个相貌不错的牧羊人，这也能想象得到。但她使用这样的诡计来达到目的，不得不说是令人诧异的。"

图威斯特一言不发地吐出一缕淡淡的烟雾，陷入了沉思。他左思右想，一个想法始终在脑海里挥之不去：一定是恶魔从中作

第十六章 宙斯的诡计

祟。越是在这个神秘黑暗的谜团中摸索前进，这样的想法在他的脑海中就越是清晰。

"确实让人意想不到，"他叹了口气，"这听起来更像是个传说，而不是现实！"

"然而，您应该也能明白，玛丽·克兰斯顿不可能在这种关键时刻编造一个如此污秽的故事，这只会玷污她的名声，尤其是在她的名声已经受到了严重损害的情况下……就我个人而言，我一直认为神话故事一定是从真实事件中汲取了灵感。"

词典学家慷慨地给自己倒了一杯啤酒，脸上露出了满意的笑容，不知是在欣赏泡沫充盈的啤酒，还是在回忆往事。他又补充道："但是，年轻人，这个故事还没结束，还有更多未解之谜。虽然两个女孩的身世之谜已经解开，但还有一些怪事让人不禁心存疑虑。比如，玛丽·克兰斯顿去农场接回小莉迪的那一天，她的梳子被折断了……等一下，我再添些柴火，火快熄灭了……"

词典学家费力地站起来，走到壁炉附近的大篮子旁边，却发现里面的木柴已经用完。他请阿兰·图威斯特稍等片刻，他去室外的棚子里取些木柴。

图威斯特陷入深思，他迫切想知道这把折断的梳子又有什么新的含义。他拿起一把烟草，开始给烟斗添烟丝。

就在这时，他的身后传来了贝尔沉重的脚步声，房门嘎吱作响，紧接着他听到了词典学家的惊呼："年轻人，快来！我听到了叫声！有人在求救！应该是从庄园那边传过来的……"

第十七章
亮灯的窗户

一眨眼的工夫，两人已经套上了大衣，匆匆往庄园赶去。一阵风吹散了云层，月光时明时暗。松林呜咽着，求救的呼喊声在风中变得模糊不清。雨已经停了，然而地面仍是潮湿的。在这崎岖不平的潮湿小径上，他们匆忙的脚步声也变得沉闷。

他们走了三四分钟才到达庄园。一路上，图威斯特听到绝望的呼救声不断从庄园传来，他认出了那是埃德加的声音。他迷茫的脑海中闪过各种念头，甚至想到了最惨烈的情况。他已经做了最坏的打算，所以当他们从树林里跑出来时，对眼前的震惊景象已经有了一定的心理准备。

这简直像是在做梦：古老的塔楼矗立在被月光照亮的岩石高地上，几朵残云从银色的月盘前飘过，将变幻莫测的影子投在崎岖的地面。有人在塔楼顶部奋力挣扎并发出绝望的呼喊声，他的身影在黑色的背景中模糊得难以辨认。在塔楼脚下，另一个人在拼命敲打着沉重的大门，显然门被锁住了。那是身着睡衣的庄园

第十七章　亮灯的窗户

主,正疯狂地呼喊着"埃德加"。穿着睡袍的第三个人正在往塔楼跑来,应该是来支援徒劳敲打着大门的庄园主。尽管只能看到背影,图威斯特也认出此人应该是威廉·卢卡斯。

突然,风中传来一声可怕的尖叫,在黑暗中迅速蔓延开来。这声音如此尖锐,不像是人类的声音。阴森恐怖的叫声持续了好长一段时间,连大自然似乎都被震撼到了,周围好似电闪雷鸣。图威斯特博士和他的同伴目瞪口呆地站在那里,十分害怕。此时,第二声尖叫传来,声音不如之前那么响亮,但却更加令人不安。这是一声漫长而绝望的尖叫,紧接着的是一声沉闷的坠落声。

两个目击者只来得及看到一个人影从塔楼上坠落,最后在地上摔得粉碎。

"天啊!"杰瑞米·贝尔大喊道,"我想那是年轻的埃德加!"

卢卡斯此时才跑到马勒森所在的大门前,两人惊慌地四处张望。他们没能看到那个不幸者的坠落,因为他落在塔楼的左侧,那是在门口稍后的位置。

几分钟后,四个人聚集在塔楼脚下,俯身看着埃德加的尸体,他已经没有了任何生命迹象。只见他身穿一件天蓝色睡衣,敞开的上衣露出纤弱无力的胸膛。一缕金色头发在苍白的脸上随风飘动,他呆滞地凝视着月亮,血从鼻子和耳朵里流出来。

简单检查过后,杰瑞米·贝尔难过地摇了摇头。

"无力回天了,人已经死了……"他抬起头估算了一下塔楼的高度，然后补充道，"从这么高的地方摔下来，肯定必死无疑……但是上帝啊，到底发生什么事了？这个孩子在那里做什么？是谁把他推下来的？"

"快！"卢卡斯说道，"我们必须把门撞开，把袭击他的凶手抓住！守在这个可怜人身边已经没有意义了！我们得快点！"

大伙跟着他一起来到了塔楼门口。四人合力一撞，古老的大门马上就被打开了。几个人冲了进去，急忙顺着螺旋楼梯往上爬，可是楼顶半个人影都没有，只有阵阵刺耳的风声和仅剩的几个可怜墙垛。图威斯特早就观察过此处，这里距离地面约十五米，异常危险，没有防护栏使人更加容易感到眩晕。

"没有人……"贝尔嘟囔道，"这里没人，下面没人，周围也没人！但这里几乎插翅难飞！"

"可是，"卢卡斯断言，"我们确实听到了那该死的海妖的叫声！在发出恶魔般的尖叫之后，她把可怜的埃德加推向了深渊！"

"您看见她了吗？"

"没看清楚，我只看见埃德加正在与什么人或什么东西搏斗，我也说不清！杰森，你看到了吗？"

身穿睡衣的庄园主颤抖着，或许是因为寒冷，又或许是因为目睹了事件的经过。

"是的，没错。"他思索片刻后咕囔道，"上面有什么东西在纠缠他……我看见了，但看不清楚，也没法儿描述……"

"到底发生了什么事？你们是什么时候看见埃德加的？"

第十七章 亮灯的窗户

"我是被尖叫声吵醒的。"卢卡斯一边焦躁地摆弄着头发一边解释道,"一开始,我以为自己是在做噩梦,我梦见有人在走廊里奔跑。等我反应过来后,我就穿上了睡袍走了出去。我看见埃德加在塔上挣扎、呼救,然后又看到杰森在塔楼下大声喊他开门,试图救他……我还没来得及意识到发生了什么,就赶紧跑去找杰森……之后的事,你们都知道了。"

"我也是被埃德加的呼喊声吵醒的,"马勒森用力搓着手说道,"我当时立刻就想到了他受到诅咒的事。我似乎也听到了匆忙的脚步声,但现在我也无法确定了。紧接着我马上来到这里,因为声音显然是从外面传过来的。一开始,我只听到了他的喊声,然后就看见他在上面挣扎呼救,我冲向塔楼,却撞在了紧锁的大门上!有人从里面把门反锁了。我喊了好几次让他开门,并没意识到上面正在发生什么。到后来,我甚至有些生气,以为他是故意不肯开门。可怜的埃德加,他当时肯定正在与恶魔搏斗!"

"那就是说,"图威斯特博士总结道,"埃德加被这个怪物追逐,一路跑到这里,并且有先见之明地把门锁了起来……"

"真是怪了!"词典学家皱了皱眉头说,"这座塔楼可不是个好的避难所,反而是……唉,但无论如何,事实就是这样。"

"也许他认为自己安全了,"图威斯特继续说道,"但他忘了那个恶魔般的海妖是会飞的……否则,我实在想不出她是如何到达并逃离这座塔楼的。"

图威斯特停下来,审视般环顾四周。在夜晚的蓝黑色背景中，柔和的月光用银色笔触勾勒出周围的轮廓。耳边是呼啸而过的风声，偶尔传来海浪的低吼。

"先生们，在场所有人都看到了，"他继续说道，"只有类似于带翅膀的海妖一般的生物，才能在犯下罪行之后逃离这个地方！在不到四十八小时之前，海妖发出了悲惨的哀号，那时就已经清晰地预告了她的目标！——只有埃德加没有听到尖叫声，正如十年前的朱利安·克兰斯顿，以及二十年前的查尔斯爵士。值得注意的是，查尔斯爵士就是在这里，以类似的方式丧命……"

四下死一般的沉寂。长着翅膀的海妖夺走了另一条生命后奇迹般地消失了，没有人看到她的踪迹，但大家都在想象，此刻的她正在海面的波涛上展翅高飞，发出得意的嘲笑。或许她已经在物色下一个受害者了。

"杰森，我想你们最好还是回去加件衣服，免得着凉患上肺炎。"贝尔对杰森说道。

"快看！"卢卡斯突然发出惊呼，颤抖的手指向了庄园，"顶楼有灯光……看起来像是从粉色房间里透出来的！"

这位绅士没有说错。其他人呆呆地停了几秒钟，才看到从丝质窗帘里透出的微弱粉色光芒，房间似乎被一盏闪烁的小灯照亮了。

这又是什么妖术？

四个人震惊不已，正默默思考这个问题，此时卢卡斯又大声提出了新的疑问："莉迪在哪里？这里这么大的动静，难道她没

第十七章　亮灯的窗户

有被吵醒吗？"

五分钟后，他们发现了女主人沉睡不醒的原因——他们在粉色房间里找到了她。房间里的床一片凌乱，莉迪并不在床上，而是躺在地毯上，她的头偏向一侧，头发散乱。她身着一件相当短的睡衣，半透明的布料更凸显了她纤细身体的曲线，如同睡美人一般迷人。然而，发根处的一处青肿破坏了这幅美好的画面。

贝尔默默地蹲下来，摸了摸她的脉搏，然后微微点头，表示她只是晕过去了，可能是剧烈撞击所致，太阳穴上的伤痕说明了撞击的位置。然后，他便打发一旁脸色苍白、浑身颤抖的杰森立即去取一盆冷水、一条毛巾和一些镇静剂。

杰森拿来厚袍子裹住莉迪，十分钟后，她才逐渐恢复了意识。她睁开眼睛，惊讶地四处张望，眼神一片迷茫，像是完全不认识这个地方。

"我怎么在这里？"她揉了揉受伤的太阳穴，轻声说道。

杰森呆立在那里，双手紧握，一副欲言又止的样子。经历了一连串的悲剧，他的精神似乎已经崩溃。词典学家向莉迪解释了他们是如何找到她的，但没有提及埃德加的身亡。

莉迪渐渐恢复了神志，但比起惊讶，她的困惑似乎更多一些。

"对，我想起来了……我做了个可怕的梦，害怕得不敢睡在自己的房间里……然后我就想到了这个地方，半梦半醒之间，我走到了这里，就像在梦游……"

她的目光在房间里流连，试图精准地回想起那一幕，最后，她的目光停在了床头灯上。

"你们来的时候，台灯是亮着的吗？"在得到肯定的答复后，她又补充道，"是的，我记得我打开了台灯，因为我害怕又做噩梦……但这并没有什么用……我依然感到很不安……"

她五味杂陈地看着凌乱的床铺，与此同时，杰森异常激动地插话道："没错，就是这样！你肯定是撞到了床柱！这上面花里胡哨的雕刻很容易让人受伤。"

然后他站起身去检查那些柱子，不到一分钟就证实了他的猜想。他得意地喊道："快看！这里的一块木片被撞掉了！"

图威斯特也过去检查了那根柱子，这是最靠近门的那一根。庄园主所言非虚，撞掉的木片佐证了他的猜想。此刻，莉迪·马勒森语无伦次的证词就算是被理顺了。

接下来，他们必须告诉莉迪关于埃德加的悲惨结局了。威廉·卢卡斯接过了这个任务，尽管他已经再三斟酌措辞，但在莉迪得知事实后，还是马上晕了过去，马勒森和卢卡斯不得不将她抬到了客厅。在这之后，卢卡斯又通知了弗雷德医生和赫斯特警官。

图威斯特和杰瑞米·贝尔留在了粉色房间内，前者继续对房间进行仔细检查，后者则像猎犬一样嗅来嗅去。

"这气氛可真是诡异，"贝尔说，"一切都透露着古怪。这些地方、杰森的态度，以及他夫人的解释……她说自己在房间里

第十七章　亮灯的窗户

感到心神不宁，却来到这个承载着沉重记忆的房间寻求平静，这也太奇怪了！她表弟的行为也很蹊跷，偏偏要往最危险的地方逃难，除非他也撞昏了头！——年轻人，您好像有了什么新发现？"

"我想是的。"图威斯特蹲在床头柜旁的壁镜前。"您猜我找到了什么？"然而他马上又改变主意，把找到的东西放进了外套口袋里，"不过，我想先听您说说关于朱利安·克兰斯顿和玛丽·克兰斯顿去农场接小莉迪的事。"

贝尔透过夹鼻眼镜看着他，皱起了眉头："天啊，我的小伙计，这听起来可真像勒索，但我猜您肯定有自己的理由。没错，克兰斯顿夫妇去了农场，准备收养小莉迪。顺便说一句，这件事是朱利安·克兰斯顿告诉我的，所以消息的来源是可靠的，我们可以信任他，他可不是随便开玩笑的人。而且，这件事也不能拿来开玩笑……

"克兰斯顿夫人，也就是莉迪的生母，与两个小女孩进行了第一次接触，但她无法分辨谁是她的孩子。那时她们才四岁，这两个孩子唯一不同的地方是她们的头发，其中一个孩子的头发比另一个更卷曲。实际上，玛丽·克兰斯顿一开始走向了英格丽德。她抱起小英格丽德，拿起梳子帮小女孩梳理漂亮的黑色鬈发。据说小英格丽德并不太配合，这也导致克兰斯顿夫人给她梳头时，梳子缠紧了她的鬈发。她可能被弄疼了，于是尖叫起来，像疯子一样挣扎，从而折断了梳子，甚至把梳子的尖端戳进了耳朵里。这痛苦的尖叫声把所有人都吓坏了。在那一刻，已经无需他人多言，玛丽·克兰斯顿马上就明白了，这个女孩对她的触碰如此反感，肯定不是她的女儿，故事就这样结束了。我想强调的是，从那时开始，英格丽德的命运被打上了双重烙印：一方面，因为她是海拉的女儿，玛莎的外孙女，这两个女人都被怀疑是传说中挥舞着半截梳子的海妖；另一方面，也因为她无意中折断了梳子，这个举动便开始有了象征意义！好了，年轻人，赶紧给我看看你找到了什么，否则你的杰瑞米老爹可就生气了！"

图威斯特一副被命运击中的表情，他麻木地把手从口袋掏出来，贝尔立刻辨认出那是一个只剩下半截的东西。

"我在地上找到了它，就在镜子下面，它藏在壁板下面半隐半现。"图威斯特的声音低得几乎听不到。

"天哪！"贝尔惊讶地瞪大了眼睛，"一把折断的梳子！"

第十八章
引狼入室

四天后,牧师在埃德加·赖斯的葬礼上发表了言辞激烈的演说,对撒旦进行了猛烈的抨击。虽然他并未明确提及发出致命尖叫的海妖,但人们都明白,他是在暗暗指责海妖夺走了年轻教友的生命。出席这个小型葬礼的人们基本持相同观点。那天下午,莫顿伯里的天空乌云密布,但却没有下雨,似乎连老天都在向村民们暗示这潜伏的危险。

"验尸官下周会给出尸检结果,"事后不久,阿奇博尔德·赫斯特在客栈里说道,头上那缕叛逆的头发掉在了额前,"依我看,事情马上就会有定论。等着瞧吧!他们一定会说:'受害者突发疯病,结束了自己的生命。'"

警官将啤酒一饮而尽,猛地放下杯子,补充道:"不过坦率地说,若是让不知情的人来判断,自杀的推论也是十分站得住脚的,因为受害者原本就是性格阴郁的人。所有人,甚至他的亲属都认为,埃德加是个活在世界边缘的人,他总是消沉度日,沉迷于暗无天日的幻想,'唯独他没有听到尖叫声'——这个诅咒对他而言是一条信息,是来自'深渊的呼唤',于是他来到查尔斯爵士身亡的地方,去接受命运的召唤。如同他的外祖父查尔斯爵士一样,他从那诅咒之塔坠落,也许尖叫声就是他自己发出来的。不得不说,这种戏剧化的形式恰好与他悲戚的性格完全契合。从某种程度上来说,他甚至对这样的事情有些热衷。

"此外,我还要申明一点,我们已经完全确定,没有任何人类能在这样的情况下实施谋杀!埃德加被锁在塔内,没有人——绝对没有人——能够将他推下悬崖!而且,你们也都看到了,没有人能在作案后离开塔楼!还有,第二天我们一起对周边进行了彻底搜索,塔楼周围没有发现任何可疑的蛛丝马迹。你们应该还记得,案发之前曾下过雨,地面湿漉漉的,泥泞不堪,所有人的足迹都清晰可辨。但是,除了目击者的脚印外,案发现场没有发现任何人的踪迹,地面上没有,破旧不堪的塔楼墙面上也没有!"

"现场人员的证词还需要仔细研究,"图威斯特平静地回答道,"更确切地说,是卢卡斯和马勒森的证词,他们都声称隐约看到了袭击者……"

"那天夜里月亮时不时被云遮住,光线时明时暗。要是在验尸官调查期间告诉他们'隐约看到',他们肯定会嗤之以鼻!"

"可这确实是一起谋杀案,赫斯特,我们都清楚这是个非常离奇的案件。虽然受害者有抑郁倾向,但在我看来,自杀的可能

第十八章　引狼入室

性已经可以排除了！"

警官露出了微笑："要知道，我之所以还留在这里，是因为我赞同您的看法。我刚刚收到上司的电报，几天后，我会正式接手这个案件，与验尸官同时展开调查——他们肯定查不出什么东西。本地警察局局长也认为情况太过特殊，值得我们进一步调查。顺便说一下，这是我接手的第一个重要案件。"

"可喜可贺啊！"图威斯特满腔热忱地回应道。

然而赫斯特警官却高兴不起来："老实说，这不是个好差事。您知道吗？这里的人们都坚信，这是海妖再次作案。"

"是的，我也听说了。关于小牧羊女的谣言四起，人们都说'有其母必有其女'……跟前几次的情况一样，这场悲剧引起的公愤再次涌向了这个家族及其唯一的后裔。我不喜欢这样的发展……谣言可能会发展成严重事态。总有一天，某些酒鬼会受到酒精的挑唆，试图在夜里'为埃德加复仇'。事实上就在昨晚，杰瑞米·贝尔刚刚教训了一个流氓，把他打得落花流水，才阻止了他盲目的仇恨。这件事差点就酿成了恶果，卡明斯医生都被叫来处理伤口了。幸好他们还不知道调查的细节，不知道就在案发当晚，我们在粉色房间里找到了一把被折断的梳子。"

"又是个巧合！"赫斯特低声说道，"这些可恶的巧合实在是太奇怪了，事情不可能如此单纯！"

"我完全赞同您的观点。我原本以为，应该是马勒森夫人做噩梦的时候不小心弄坏了这把梳子，但这样的想法有些站不住脚，因为我们只找到了半截梳子，另外半截却不知所终。而且，庄园主第一次向我展示这个房间时，我曾在房间内仔细检查过，但我对这个物品完全没有印象。您说得没错，马勒森夫人在做噩梦后晕倒，与此同时她的表弟被海妖袭击，我们又在粉色房间里发现一把被折断的梳子……这不可能是巧合！一定是海妖在作祟！"

警官的脸突然变得严肃起来："如果牧羊女确实是幕后黑手呢？她完全有理由对克兰斯顿家族怀恨在心，而且她也并不掩饰自己的仇恨。她因为一把破梳子失聪，从某种程度上来说，也是因为马勒森夫人。没能被克兰斯顿家族选中，她对此一定感到十分沮丧，如果被收养的人是她，她现在会过得惬意得多，而不是住在山上的小木屋里。想想看，她差点就成了富庶庄园的女主人！"

图威斯特慢慢摇了摇头："她现在过得很好，对钱也不感兴趣。而且，她为何要在这个关键地点留下破梳子这样明显的证据呢？这不是自投罗网吗？"

赫斯特皱了皱眉头："您怎么总是不由自主地为她辩护？"

"您自己去问问她就知道了！"

"我昨天下午才去见过她。不得不说，她长得可完全不像游弋在海洋深处的触手怪……不过她对克兰斯顿家族的厌恶可谓毫不掩饰。真是个棘手的案件，"警官疲倦地补充道，"充斥着幽灵、海妖、不可思议的谋杀案、折断的梳子和冒名顶替者！还有，说到庄园主，虽然我们已经大致确定他的身份，但根据您的说法，关于他的棋艺仍然存在一些小小的疑问。但这并不是唯一亟待确认的身份问题，庄园主夫人莉迪也很有问题。在她出生之前的那些情感纠纷已经足够诡异，但关于她自己的身世，我们依然有个疑点。"

"疑点？"图威斯特不可思议地重复道，"什么疑点？"

"这一对同父异母的姐妹在同一天出生，长相又如此相似，谁能确定谁是谁？只因为另一个孩子曾经猛烈地推开她，这位母亲就能认定莉迪是她的亲生女儿吗？"警官冷冷一笑，然后不容置疑地继续说道，"亲爱的图威斯特，只有傻子才会如此草率地相信这样的说法！实际上，牧羊女也有可能是玛丽·克兰斯顿的女儿，而莉迪则是海拉·尼尔森的孩子。"

"我也想过这种可能性，可这对我们要解决的问题不会产生任何影响。"

"您真的觉得没有任何影响吗？"赫斯特抬高了声音，"我们真的在与海妖作对吗？我知道，这听起来像个童话故事，但您不得不承认，整个事件充斥着灵异感，而且最近我们所经历的事也证实了这一点！但有没有一种可能，海拉·尼尔森及其母亲玛莎并非谣言的受害者呢？换句话说，如果关于她们的传闻都是真的呢？俗话说，无风不起浪。您想过这一点吗？也许她们以及她们的后代对克兰斯顿家族怀着深仇大恨，几个世纪以来一直处心积虑地想要除掉克兰斯顿家族的男丁。如果确实如此，那么莉

181

迪的身世，她究竟是不是海拉·尼尔森的女儿，就是至关重要的信息。"

此时客栈里只有寥寥几个客人，但赫斯特还是尽量压低了声音，不让别人听见。透过飞镖客栈的玻璃窗看出去，天色似乎黑得更早了。客栈大厅隐隐弥漫着一种阴暗的氛围，填满了图威斯特和赫斯特的思绪。与这股黑暗力量的决斗，变得越来越扑朔迷离，越来越令人绝望。

图威斯特不寒而栗："真是造化弄人啊。如果莉迪·马勒森就是危险的海妖，那他们就是'引狼入室'了。"

第十九章
"冰冻人"

庄园里弥漫着同样阴郁的氛围。马勒森深陷在扶手椅里,手里拿着一杯白兰地,出神地望着壁炉中的火苗。如果仔细观察就会发现,自从妻子的表弟去世以后,杰森发生了很多变化。他看起来像是老了好几岁,甚至有点驼背,一举一动都没了往日的从容,眼神里透露出一种疯狂,似乎一直在担惊受怕。

门嘎吱作响,但他没有回头。踩在地毯上的脚步声轻得几乎不可闻。

"你还好吗?"卢卡斯的声音突然在他的身后响起。

"不能更好了!"杰森冷冷地说,"我们刚刚埋葬了埃德加,莉迪已经如同行尸走肉,而我也好不到哪里去……真是太完美了!"

卢卡斯清了清嗓子:"我只是想问问,你能不能承受住这样的打击……"

"我尽力而为,比尔……"

卢卡斯看了看杰森身后的白兰地酒瓶，叹了口气："你应该稍微节制一些，杰森。我也爱喝酒，但是必须知道自己的酒量……"

"谢谢，我知道。我很清楚自己的酒量。而且，这几天我的幻觉也消失了……你看，比如壁炉上的帆船模型，它不再移动了！"

"亲爱的，你要是有闲心关心这些琐事，那是你的自由。其实，谁都有可能碰过它，尤其是家里这么多来来去去的女佣。不过，你要是真想知道，我觉得不是帆船模型被人移动过，而是台灯……你上次说的时候我就注意到了。你调整了帆船模型的位置，把它摆在了正中间，但其实你应该移动台灯，才能保持其居中的位置……算了，还是不要谈论这些鸡毛蒜皮的小事了。"

"那我们应该谈些什么？"

威廉·卢卡斯在旁边的扶手椅上坐下，犹豫再三后说道："我马上就要离开了，还有些事情等着我去处理。我知道现在真的不是谈论这件事的时机，但对我来说，时间很紧迫……你的那些田地，它们正好与我的田地连成一片。实际上，它们对你来说没什么用，甚至可以说毫无用处。如果你能以一个合理的价格卖给我，那对我来说会是件大好事。杰森，我打算鼓足勇气，大干一番事业。所以，如果你能抽出一点时间来解决这个微不足道的问题，我将不胜感激……"

客厅的门打开了，莉迪纤细的身影出现在门口。她身穿一条

第十九章 "冰冻人"

黑色长裙,显得比平时更高挑,但也更苍白了。她的嘴上抹着鲜艳的口红,无疑是为了掩饰一脸倦容,只是效果并不理想,鲜红的嘴唇看起来像是脸上的一个伤口。

她穿过房间,走到两个男人面前,有气无力地问道:"你们在说什么?"

"不是什么大事,"卢卡斯结结巴巴地说,"只是家族的一些旧事,没人在乎……"

"比尔想让我把田地卖给他,"庄园主异常冷静地说,"而且他盼望我以极低的价格出售。"

"杰森!"这位前推销员像是受到了冒犯,他瞪大了眼睛说,"你怎么能如此曲解我的话?"

"比尔,这么多年没见,你突然造访不就是为了这件事吗?你兜兜转转了这么长时间……我可能是疯了,但还不至于愚蠢到这种地步吧?"

"杰森,你怎么能这么想?"

"我告诉你,"马勒森斩钉截铁地说,"我的答案是否定的。我不想低价出售我的田地!如你所知,我是个很难对付的卖家,我就是个冷血的人,你懂吗?他们甚至称我为'冰冻人'。明白吗?'冰冻人'!"

"不,我不明白!"卢卡斯惊讶地看着他的表兄,站起身说道,"我觉得你今天不太对劲……不过我能理解,我还是先不打扰你了……对了,别忘了我刚才的劝告,少喝点白兰地!"

卢卡斯向莉迪示意之后便转身离开，坚定的脚步声后面传来了关门的响声。

客厅里陷入了漫长的沉默。

"我觉得你刚才说的话有些不妥。"莉迪说话的时候，没有看着自己的丈夫。

"关于'冰冻人'的事情？"

"没错，杰森，我不喜欢你这样影射埃德加。"

杰森的眼神里泛出奇异的金属光泽："他就是这样称呼我的，不是吗？"

"他曾经这样称呼过你。"莉迪纠正道，"埃德加已经去世了……杰森，你应该对死者表示尊重，尤其是在今天。"

马勒森微笑着给自己重新倒了一杯白兰地，强挤出的笑容毫无生气，就像小丑一样。尽管他穿着无可挑剔的三件套西装，但看起来并不潇洒。他的马甲被解开了，衬衣领子松垮着，领带也系得乱七八糟。尤其是他那看破一切的疲倦态度、懒散的动作，还有那迷离的眼神，根本谈不上潇洒。

"我对死者只有尊重。"他用一种奇怪的语气强调道，"我不会忘记死者！我不会忘记他们，因为他们也不会忘记我！"

尽管杰森如此歇斯底里，莉迪仍然没有看他一眼。她回答道："不要再想着战争的事了，杰森，战争已经结束好几年了。"

"噢！我并不是在谈论战争，尽管在这个家里，我似乎是唯一可以谈论战争的人！"

第十九章 "冰冻人"

"别再说这种指桑骂槐的话了,杰森!埃德加已经死了,你没必要再这样说了!"

马勒森眯起了眼睛:"亲爱的,我觉得我们最好不要再谈论他了,我们已经约定好了……"

"没错,你说得对。这样对我们都好。"

两人再次沉默。

马勒森倒满一杯白兰地,一口咽下去,双眼开始变得模糊。他像是窒息一般说着:"他不该这样做……"

莉迪漠然地解释道:"是我们不该这样做……都是我的错,我要承担更多的责任……"

"他不该称我为'冰冻人'。"杰森重复道。

莉迪眼神无光地看向自己的丈夫:"我不明白你的意思,杰森。如果你是在影射……一些什么事,那就太不应该,太伤人了……"

一瞬间,杰森·马勒森的眼神飞快流转。起初,他的眼里出现了一道闪烁的奇异光芒,就像壁炉里余烬的倒影;接着,他的眼神逐渐变得迷茫,如同一座雕塑一般凝固在那里;最终,他的目光又变得冷酷,如同"泰坦尼克"号上用来装饰的水晶……

"没有人能够理解我,亲爱的。"他的声音微弱得几乎不可闻,"莉迪,即使是你,也不会理解我为你所做的事……"

第二十章
熟悉的声音

（一）

离埃德加去世已经过去了一个星期。这天早上，阿兰·图威斯特刚从悬崖边散步回来，就在路口遇见了卡明斯医生。当时空气十分清新，明媚的太阳从山坡西侧升起，医生正是从那边走过来的。像往常一样，他看起来有些忧郁，缓慢的步伐中透露出一丝疲惫。看到他背着医药箱，图威斯特开始感到不安，因为这附近只有一个人居住，那就是牧羊女。

打过招呼后，图威斯特立刻向他询问，是不是英格丽德·尼尔森有什么身体不适。

"没什么大碍，"卡明斯回答道，"只是有道伤口，还没完全愈合。"

"她受伤了吗？"

"是的，但有一段时间了。她被铁丝擦伤了手腕，伤口感

第二十章 熟悉的声音

染了。"

"是她手腕上的伤口吗?"

医生点了点头。

"那岂不是很危险?"

"是的,所以她马上来找我了。幸运的是,只是皮外伤而已。"

两个人默默地走了一会儿,图威斯特又担心地说:"上次我去看她的时候,就有一种奇怪的感觉。她告诉我她过得很幸福,对自己的境遇感到十分满意,正在享受孤独的生活,但说这些话的时候,她的脸上带着一丝悲伤,看起来有些言不由衷。我在想,她是否在试图说服自己,是否因为被村民排挤孤立而感到痛苦。看到她手腕上的伤口时,我就在想,她是不是在绝望中选择了割腕自杀……"

医生沉重地点了点头,一副若有所思的样子:"我也想过这个问题。您说得没错,她被村民们排挤孤立,这实在令人伤心。更可悲的是,事情的起因是一些古老的传说,这些事与英格丽德毫不相干。然而,事情就是这样,我们无能为力,人类的本性就是如此。从我记事起,这片地区和这里的人们总是令人感到不安。这些事情在短时间内恐怕不会有什么改观。英格丽德因此而感到痛苦,这完全可以想象,她很有可能会因一时糊涂而选择割腕自杀,但她还是非常理智地找到了我,好在伤势不算严重。"

"得知这样的事情确实令人揪心。"图威斯特叹了口气,"不过，她说她并非单身，您知道这件事吗？"

"啊？"卡明斯医生挑起了眉毛，"您是说她有个伴侣？不过，她这个年龄倒也不是不可能啊！"

"那您知道有可能是谁吗？"

"这实在是出乎我的意料。说老实话，如果她有的话，村子里应该早就传开了。"

"您确定吗？"

"图威斯特先生，以我三十多年的行医经验，我几乎可以打包票。"

阿兰·图威斯特快步疾行，陷入了沉思。几分钟后，他又提到两姐妹的身世，现在他已经掌握了更多的信息。

"嘿！您知道的事可真不少！"卡明斯笑着说，"甚至比当事人更清楚！"

"医生，我还有一个问题。这个问题或许只有您能解答。作为医生，除了她们的家人，您必定是与童年时期的她们接触最多的人。您曾告诉我，这两个女孩的长相十分相似，但是……是否相似到难以区分的程度呢？"

"确实如此，尤其是当她们还是婴儿的时候。"

"您能明白我为何这样问吗？"

"完全明白。如果把她们放在同一张床上，不做任何标记去区分，之后就搞不清楚谁是谁了。尤其是当时照顾她们的人是她们的祖母，并不是她们的亲生母亲。"

第二十章　熟悉的声音

"所以说，莉迪很可能是英格丽德，反之亦然？"

"没错，这是完全有可能的。但如果从法律的角度来看，这个问题没有任何意义。克兰斯顿家族的继承人无疑是我们所认识的莉迪，因为她才是被克兰斯顿夫妇正式收养的孩子。而且，这两个女孩在法律意义上的生母只有一个，那就是在分娩后去世的海拉·尼尔森。除此之外，玛丽·克兰斯顿在诞下这个女婴的时候，我曾对她发过誓。换句话说，即使有人要求我做证，我也不会承认任何事。"

"我并不是从法律角度看待这件事的，"图威斯特急忙解释道，"我只是出于好奇，因为这两个孩子的身世实在太过离奇……"

卡明斯医生也承认，自己从未遇到过类似的情况。随后，图威斯特便向医生打听了另一个患者的情况：不幸离世的埃德加。医生说埃德加的体格还算强健，至于他的精神状态，医生也跟他身边的人持同样的看法：这位诗人一直是个沉默寡言、脆弱且极其敏感的人，从年轻时就是如此。但是，最近真正令医生感到担心的是马勒森一家。莉迪似乎对表弟的去世感到痛不欲生，而杰森虽然没去找医生问诊，情况显然也不太妙。医生偶然在客栈瞥见他，觉得他突然之间像是老了好几岁。

"我昨天下午也在客栈见到了他，"图威斯特说，"他满脸忧愁，甚至有些焦虑。我看他独自坐在桌子旁，便过去提议下盘棋来换换心情。唉，他又一次找借口逃避了。真的，他好像很害怕……下棋。"

"我想这肯定不是害怕输掉比赛的缘故。"卡明斯连忙护住差点被疾风刮走的帽子,"他回来之后,我与他下过一局,吃了个惨败。从那以后,我就再也没有跟他过招。图威斯特先生,我不知道您的棋艺如何,不过,想要让他害怕输掉棋局,那您得有相当高超的水平才行。"

(二)

这天晚上,图威斯特与他的朋友赫斯特正在棋盘前进行紧张激烈的对决,他们的手边摆着两杯啤酒。

图威斯特向友人倾诉道:"我实在想不通!这完全不合逻辑,简直自相矛盾!无论怎么看,马勒森都是一名高手。您听我说……"

"别试图转移我的注意力。"赫斯特柔声说道,思忖良久,他才决定移动自己的骑士。

"虽然我已不再怀疑他的身份,但还是提出了三种假设:第一种,此人是帕特里克·德根,那么显然他是个象棋大师;第二种,此人是马勒森,经过大师的点化,也成了高手;第三种,他是另一个冒名顶替者,而且事实证明,他的棋艺非凡,因为众人已经领教过他的才能。没错,我已经把所有情况都考虑进去了。

第二十章 熟悉的声音

由此得出的结论是,不管他是谁,他的棋艺水平都十分高超。可他却害怕与我对局!为什么,赫斯特?为什么?"

然后,图威斯特漫不经心地动了赫斯特的骑士,对手被将了一军,就连王后也危在旦夕。赫斯特突然绷紧了神经。

"他在害怕什么?我的棋艺吗?我只是个普通的业余爱好者,略高于平均水平而已……还是说他什么都怕?确实,只要我一提起下棋,他那惴惴不安的样子好像是在提防什么……今天尤为明显。"

突然间,警官把拳头猛地砸在了桌上。

"没错,您说得太对了!这不正常!而且他本人也不正常!我觉得……"

然后,他假装惊讶而沮丧地看着那些像炸弹一样弹开的棋子,轻声说道:"哎呀,我刚刚是不是太激动了……我们的棋子看起来就像那个什么岩石……"

"碰碰岩。"

"没错,碰碰岩!唉,我刚刚已经想到了一招致命的走法,可惜了!您愿意复原这局棋吗?不过,这恐怕很困难吧……"

"算了吧,这无关紧要。告诉我,您为什么觉得庄园主不太正常?"

阿奇博尔德·赫斯特仔细地把棋子装回盒子里,含糊其词地说:"这只是个说法而已,比如……人们经常看到他独自一人在农田里闲逛;他还会自言自语,自称是个雪怪……"

阿兰·图威斯特的脸上浮现出难以置信的惊讶表情："'雪怪'？真是奇怪……难道不是'冰冻人'吗？"

"都有可能吧，"赫斯特耸了耸肩，"'雪怪'或者'冰冻人'，都没什么大不了的。不过可以确定的是，他的情况不太妙。也许他是害怕海妖再次现身？毕竟，作为克兰斯顿庄园最后的男丁，如此害怕也不足为奇……哎，图威斯特，您怎么了？您好像没在听我说话？"

阿兰·图威斯特呆呆地望着赫斯特，后者叫了他好几次，他都没有反应。他没有理睬赫斯特的呼喊，而是站起身，开始在大厅里低着头踱来踱去。客栈老板正在耐心地等待着最后的客人离开，不由得好奇地看着他。

"咱们出去走走吧！"图威斯特突然说道。

两人走出了客栈，图威斯特一言不发。警官本能地意识到图威斯特希望他陪伴，但又不想被打扰。他们在微弱的月光下闲逛，走了将近一个小时，图威斯特才打破了沉默。

"我重新思考了整个案件，"他说，"一些线索看似完全矛盾，但我想，我找到了它们之间的联系。"

"哪些线索？"赫斯特焦急地问。

"关于庄园主的身份，我们已经证实他就是马勒森本人，但又发现了很多证明他是冒牌货的证据，我们认为这是自相矛盾的。这实在太过离谱，我甚至考虑到了不可能的事情，一件事情可以同时存在和不存在……"

第二十章 熟悉的声音

"对!"赫斯特兴奋地说道,一双眼睛盯着朋友的嘴巴,热切地盼望着下文,"存在和不存在!我记得很清楚!"

"嗯,我没有弄错。我们可以说此人既是马勒森,又是那个冒名顶替者……"

"等等,这不可能!"

"不,这是有可能的。我们已经想到了一切,除了最后一种情况……最不可思议、最令人震惊,也是最为可怕的一种情况。我刚刚才想明白这一点,这还要多亏了您和杰瑞米·贝尔的博学睿智。"

此刻,赫斯特紧紧攥住朋友的手臂,催促他赶紧解释。昏暗的月光下,图威斯特的脸半隐半现,往日温和宁静的面容中流露出无限的惊恐和哀伤。

"很遗憾,我暂时还不能告诉您,"他严肃地说道,"因为我还不知道整个故事的真相。但请您相信我,这是唯一能揭开真相的解答,它简直令人毛骨悚然……"

(三)

第二天,阿兰·图威斯特又造访了庄园。他与莉迪·马勒森进行了短暂的交谈,之后又见了庄园主,但并没有从他们那里得到更多新消息。他还要求再去埃德加的房间看一眼,马勒森没有表示反对，莉迪犹豫片刻后也同意了。

这是庄园中最小的房间之一，位于楼上走廊的北端。房间里的陈设十分雅致：拱形窗户上挂着红色的锦缎窗帘，窗前是一张大书桌，桌上摆放着一个地球仪，旁边还有一个墨水瓶和整齐排列的文件夹。显然，房间最近才被人打扫过，毕竟，图威斯特实在难以想象一个诗人的书桌可以如此井然有序，更何况诗人本身就是个心不在焉的人。

他花了一些时间检查房间，最后在一块挂毯后面找到了摆满各种笔记和手稿的书架。图威斯特随意挑了几张，坐到书桌前开始阅读。

埃德加的诗歌属于非常经典的浪漫主义风格。大自然是他永恒的主题，内容多数是在描写悲伤和荒凉。然而在这些诗句中，图威斯特发现了一些情感丰富的乐观诗句，这与他所认识的某个人似乎十分契合——"你蒙眬的目光，有如苍白的黎明，生命如同太阳，明媚地升起……"图威斯特受到了触动，继续读了一些段落，最后甚至忘记了此行的目的。他多次中断阅读，走到窗前眺望窗外的景色。他的目光落在了山坡上，心跳开始加速，山上的石楠在金色阳光的照耀下熠熠生辉。

当图威斯特离开房间时，心中的某个谜团瞬间被解开了。他心知肚明，诗人的诗句指向的是谁，也明白了他内心深处为何会如此痛苦。

他在走廊上遇到了威廉·卢卡斯，后者已然不复往日的活

第二十章 熟悉的声音

力。庄园里阴郁的氛围似乎在无声而无情地影响着这里的住户,无论是谁都难以逃脱这种氛围的浸染。这位前销售员告诉图威斯特,他很快就会离开这里,可能就在这个周末之前。

图威斯特来到客厅,跟马勒森夫人打了个招呼。夫人问他是否找到了什么重要信息,图威斯特厚着脸皮撒谎说没有,心里安慰自己说可以改天再解释给她听。杰森·马勒森仍然坐在壁炉旁,他说自己晚上可能会去客栈喝酒。

晚上八点三十分,飞镖客栈大厅里的人们正喝得酣畅淋漓。一切如常,似乎没有什么特别的事情发生。酒桌间传来混沌的嘈杂声,客栈的顾客们大声嬉笑,不时招呼老板添酒,还有人在玩着飞镖。客栈里弥漫着热烈的氛围。

不过,有两个常客在酒桌缺席了:卡明斯医生可能还在某个病人那里看诊,而杰瑞米·贝尔因上次的见义勇为还在养伤。在大厅一角,图威斯特正准备向警官朋友介绍他的最新推断。

突然间,所有客人宛如被沉默女神的魔杖击中,一切声音和动作都停止了。外面传来了一声可怕的尖叫。这悲惨的哀号随着风声越发尖锐,透过玻璃窗钻进来,让在场的人们听得心惊胆战。没有人敢移动,也没有人敢说话,因为这样毫无意义。所有人都认出了那声尖叫——那是海妖的叫声。

（四）

与此同时，威廉·卢卡斯独自坐在火炉旁，试图去专心读一本侦探小说。客厅里只有他一人：莉迪感到了倦意，已经回到自己的房间；杰森出去透气了；而卢卡斯则更愿意待在温暖的地方，沉浸在一本引人入胜的好书中——不过，这本书的故事情节实在太过牵强，要不是情况不允许，他甚至会把这本书当成喜剧故事看得笑出眼泪来。

门突然开了，杰森走了进来。卢卡斯正准备开玩笑地问杰森，这样一本书为何会出现在这个颇具品位的书架上，但是，庄园主的表情让他打消了这个念头。卢卡斯仿佛看到一幕熟悉的场景在眼前再次上演。

马勒森一脸苍白，毫不犹豫地走向吧台，拿起一瓶白兰地慷慨地给自己倒了一杯，并一饮而尽。一周前，埃德加也曾经做出同样的举动。不过，不同于埃德加，杰森并没有被酒呛到。

随后，杰森在一把扶手椅上坐了下来。他紧张地扭动着手指，眼睛里血色满布，瞳孔似乎因恐惧而外扩。

"你还好吧？"卢卡斯小心翼翼地询问。

"不、不太好……"杰森·马勒森颤抖地说道，"我……我刚刚好像看到了海妖。"

第二十一章
悲剧之旅

（一）

"这次不会再让她得逞！"第二天下午，阿奇博尔德·赫斯特在斯托斯伯格的办公室里断言，"海妖不会再得手，也不会再有命案了！"

法尔茅斯警察局局长五十岁出头，身形笨重，还有些驼背。他额头低陷，布满皱纹的脸却充满了光泽感，看起来像个两栖动物。他戴着一副玳瑁边框眼镜，一双圆鼓鼓的眼睛总是透过厚厚的镜片淡然地盯着对话者。那套完美的米色套装，给其貌不扬的他增色不少。

他平静的口吻与赫斯特激动的语调形成了鲜明对比。

"亲爱的赫斯特，您知道吗？今天您将正式接手这个案件。我刚刚收到了电报。我跟您说这些，是想让您意识到这个案子的重要性……"

"您不用担心,我深知这个案件有多重要!毫无疑问,我比任何人都清楚,从一开始就明白了!"

斯托斯伯格清了清嗓子,柔声说道:"没错,亲爱的,这毋庸置疑。不幸的是,到目前为止,调查结果并不令人满意……"

赫斯特气恼地摇了摇头:"先生,这可不是一桩普通案件!即使在伦敦警察厅,我也没听说过如此错综复杂的邪恶案件。但相信我,我们最终会解决它,不会再有命案发生了。"

"那就再好不过了,因为这关系到我们的声誉。您可能已经注意到了,这里的人们遇到任何神秘事件,都倾向于认为那是超自然现象。海妖的再次现身必定会让这些脆弱的心灵惊慌失措……甚至可能引发暴力事件,而我们的任务恰恰是要避免这种情况发生。"

"我非常清楚,先生。"

"很好。也许您可以跟我详细介绍一下有关最近这次事件的情况,并谈谈您的行动计划。"

"好的,先生。"赫斯特用毛茸茸的手背擦了擦额头上的汗珠,"其实,海妖这次发出的警告和给年轻诗人的警告几乎一模一样。那天晚上,马勒森去客栈时,在灌木丛中看到了海妖的脸,她面容扭曲,看起来十分可怖。马勒森被吓得魂飞魄散,以致无法做出准确的描述。当他意识到海妖正在尖叫,而自己却听不到声音时,就马上逃回了庄园。那声尖叫响起时,我和我的朋友图威斯特都在客栈里,大厅里所有人都听到了。没过多久,马

第二十一章　悲剧之旅

勒森的表弟卢卡斯过来告知了我们马勒森的遭遇。我们立即跑去询问他，但收获并不大。这个可怜人已经崩溃了，而且他喝得酩酊大醉。不得不说，自从埃德加去世后，他就一直在酗酒……至于安全措施，我已经命令庄园主不要擅自离家，除非有我们的通知，还派了两个人对住宅周围进行监视。"

"你们不会无限期地把马勒森软禁在家吧？"

"不会，当然不会！根据以往的经验，命案总是在海妖发出尖叫声后的四十八小时内发生。如果我们能顺利度过这个阶段，我认为就是个很好的信号了，也算破除了这个黑暗传说的诅咒……因此，若几天内没有任何事情发生，马勒森就可以恢复自由——当然，我们还是会随时监视他。"

"这听起来很合理，"斯托斯伯格局长沉吟道，"换作是我，也可能会采取同样的措施。无论如何，也只能这么做了，总不能把庄园主终身软禁起来……"

（二）

距离海妖发出尖叫声已经过去了二十四个小时，马勒森仍安然无恙地坐在壁炉前，他的妻子和表弟就在他身旁。赫斯特警官和阿兰·图威斯特刚刚离开，走之前又多次嘱咐他要格外小心。

"都是些无稽之谈！"庄园主突然对着壁炉开始嚷嚷，仿佛在与它对话,"当时我的确是吓坏了,但我根本不信有什么邪恶的海妖!"

"可是,"卢卡斯反驳道,"你确实见到她了吧?"

"那一定是幻觉!比尔,你记得吗?当时你还提醒我要少喝一点。嗯,你说得有道理……我想我确实是喝太多了。"

"也许吧,杰森,也许是你喝太多了。我很高兴看到你已经清醒过来,但你还是谨慎一些为好啊。"

"我不想再相信海妖的传说。"杰森坚决地说。

"难道你忘了发生在埃德加身上的事了?这还不到一周呢。"

"不……我……我……但埃德加是自己失足跌落的……"

"那我们听到的尖叫声呢?"

"可能是他自己发出来的。"

"还有那个在塔楼纠缠他的影子呢?"

"我可能是在做梦……那是在大半夜里。"

"那你的意思是,他突然失去理智,以为自己在被海妖追赶,闯入塔楼,爬到塔顶,假装与怪物搏斗,发出可怕的尖叫,然后跳了下去?"

"是的,大概是这样的。"庄园主窘迫地说,"我再说一次,我不想再相信海妖的传说了……"

卢卡斯一脸难以置信。他久久凝视着自己的表兄,然后说道:"不得不说,我实在是搞不懂你了,杰森。你似乎仍感到恐惧不安,却又拒绝相信海妖。"

马勒森一口气喝掉杯中的酒,然后坚定地宣称:"没错,就是这样。我才不怕那个海妖!我想出门自由活动……"

卢卡斯皱着眉头询问莉迪的意见,但她似乎完全没有在听他们说话,只是一门心思地织着刚起针不久的毛衣。她没有展露出一丝表情,只有炉火的光芒在她的脸上跳动。

(三)

赫斯特得知庄园主的态度发生转变后,立刻在第二天晚上登门拜访。守卫在庄园周围的两名警员称没有发现任何异常。

马勒森一直闪烁其词,警官没能得到更多细节信息。庄园主越是支支吾吾,警官就越发急躁。

"真是奇怪啊,马勒森先生,"图威斯特沉默良久,终于开口道,"您曾花费许多时间研究神秘现象,拜读涉及这一主题的各种书籍,您一整面墙的藏书都说明了这一点。您也承认自己相信神秘力量的存在,甚至相信魔鬼的存在……"

"没错,"庄园主冷冷地回答道,一双眼睛发着光,"我仍然相信,并且会继续相信魔鬼的存在。事实上,我也许是在场所有人中最相信它的人……"

图威斯特目不转睛地盯着马勒森,继续问道:"您相信魔鬼的存在,是出于什么特殊原因吗?"

"是的,"马勒森的眼神开始变得空洞,"我有过……一次亲身经历,它证明了魔鬼的存在。"

"您有确凿的证据吗?"

"对我来说,证据毫无疑问是确凿的。但是……"

此时钟声敲响了十点,他的话被钟声打断了。马勒森看了一眼钟表,然后转头向警官说:"现在我们已经度过了关键的四十八小时,我想海妖的诅咒已经失效了。赫斯特先生,我可以自由行动了吧?"

"您不会今晚就出去吧?"警官惊呼道。

"不会,但是明天……"

"我认为最好再等一天,以确保万无一失。"

庄园主叹了口气:"如果您坚持,那我就再耐心等待一天。但您要知道,您的要求已经有些过分了。我习惯了每天出去呼吸新鲜空气,每天都要出去散步,否则很快就会生病……"

(四)

离开庄园后,赫斯特向他的朋友倾诉:"我不理解,他为何会突然重新振作,这实在是出乎我的意料。仿佛有一股神秘力量想让他放松警惕……"

"就像听到了海妖美妙的歌声一样?"图威斯特暗示。

第二十一章 悲剧之旅

"不要拿这些事情来开玩笑!"警官结结巴巴地说道,"胜利尚未到手,我们才赢下一局而已。若是明天这个时候,我才能更安心。如果之后没有任何特殊情况,我想我们就可以让庄园主自由活动了。您怎么看?"

图威斯特沿着通往村庄的石子小径缓缓前行,没有立即回答。他的脸上满是困惑和不满。

"老实说,"他叹了口气,"我已经不知道该怎么思考了。我成功地排除了一些疑点,但整个谜团仍未解开。但愿我刚刚没有说中吧,并不是海妖之歌正渗入他的脑海,呼唤着他,吸引他走向外面,走向大海……"

"如果是这样的话,"赫斯特几近无奈地回答,"那我们也无能为力了……图威斯特,告诉我,您真心相信这个海妖的存在吗?如果是,那她可能是谁?"

"我觉得她必定是海拉的女儿,也就是两姐妹之一……"

"是的,但究竟是谁呢?英格丽德,还是莉迪?"

"如果这个邪恶的海妖就是莉迪,那她在过去的四十八小时内有足够的时间去除掉她的丈夫,毕竟他已经处于她的股掌之上……"

"那就只能是牧羊女了……"

"对我来说,这种可能性更小——这个判断是出于不同的原因。"

"所以,就像杰森·马勒森声称的那样,海妖并不存在。"

图威斯特没有立即回答。他把手指撑在唇边，脸上露出了笑容："我最近对这两个海妖进行了很多思考。我们应该让她们互相见个面……"

警官斜眼瞥了瞥自己的同伴："是要比比谁更漂亮吗？"

"当然不是，我有其他考虑。首先，我很想看看她们的反应，但更重要的是，我认为她们的和解是一件好事。马勒森夫人也没有反对，我相信英格丽德内心深处也希望这种亲近，她也希望能结束这个荒谬而古老的氏族斗争。但她不会主动迈出第一步，因为她的自尊心不允许……"

"您有什么打算？"

"我决定亲自安排，"图威斯特说，"因为除了我，也没人会去做了。"

（五）

海妖发出警告后的第四天，杰森·马勒森终于迈出了门槛。他看起来十分开心，像是常年被关押的囚犯终于重见光明似的。他已经被严正警告过不要靠近那座塔楼，但是这并没有对他造成任何困扰，因为他对那座古老建筑物并没有特别的兴趣。

马勒森注意到有人在远远地跟着他，但他并没有放在心上。他心想："如果警察有这等闲工夫，那是他们的事，与我无关。"

第二十一章 悲剧之旅

带着这种重获自由的感觉,他沿着海岸小径继续前行,一路欣赏着壮丽的海景。

傍晚时分,他回到了庄园,看起来精神抖擞。经历了一连串悲惨的日子,此时的他感到异常振奋。不过,他在客厅里发现了一位稀客:英格丽德·尼尔森。她、莉迪以及阿兰·图威斯特正在一起喝茶。牧羊女完全不似往日装扮:她抛弃了黑色裤子和厚厚的羊毛衫,换上了颜色更加明快的夹克和褶皱裙,甚至还穿着长筒袜!长长的头发盘在头上,使她显得格外优雅。这样的转变实在是让人大吃一惊。

马勒森走过去向她致意,表达了他的惊喜,并加入了他们的谈话。图威斯特看起来兴高采烈,诙谐幽默地主导着谈话。杰森察觉到了莉迪的焦虑和情绪波动,但她控制着自己的情绪,表现得非常镇定。英格丽德则无法掩饰自己的尴尬,她的动作有些许生硬,好在那笑容可掬的亲切脸庞缓解了这种尴尬。马勒森被这两姐妹的样貌相似度震惊到了。尽管她们长得并非完全相同,但都有着相似的身材、面容和明亮的眼睛。他之前在山坡上看英格丽德放羊,那时的她总是穿着宽松的毛衣,头发在风中飞舞,他从未想过她与莉迪竟如此相似,也从未注意过她。

他们讨论着盖伊牌长筒袜,纷纷对长筒袜专家的缺席表示遗憾。正说着,威廉·卢卡斯就突然出现了。这位前推销员一本正经地说着笑话,大言不惭地吹嘘着盖伊牌长筒袜的优点,把女士们逗得乐不可支。这次茶话会在轻松愉快的气氛中结束了,这样的愉悦氛围与最近的悲惨事件形成了鲜明对比。

但这天夜里,庄园主再次倍感焦虑。他觉得自己听到了脚步声,吓得惊醒过来。然后他起身去找妻子,但莉迪正在沉睡。于是他又躺下,再次入睡,但是楼上的脚步声再次在他的头顶响起。他爬到阁楼上检查了一番,在粉色房间前停留了一会儿,愁眉苦脸地看着门,最后终于下决心进去了——那里一个人都没有。他再次回到床上,却怎么也无法入睡。

第二天的散步远不如前一天那么愉快。那只紧追不舍的"看门狗"让他感到心烦意乱。他知道,在离他三十米左右的地方,有个警察在监视着他的一举一动,这让现如今的他感到无法忍受。过了一会儿,他再也忍受不住,去找了那个便衣警察。他指着周围广阔的空地和大海,质问他哪有什么危险。

警察说他无权回答这个问题,他只是在执行上级的命令,并表示这个问题可能需要与他的上级讨论。马勒森怒气冲冲地转身就走,随后他欣慰地发现,便衣警察已经拉远了监视距离。

他一路走啊走,爬上一道岩石狭道时,突然听到有个声音正在叫他。这声音近在咫尺,不可能是警察的声音;而且听起来异常温柔,也不像是男性的声音。

他四处张望,但没有看到任何人,然后他继续前行。不一会儿,又听到有人在呼唤他。他的眼睛紧盯着岩石上每一处起伏的线条、每一条裂缝,但没有任何发现。只有几只海鸥在低空飞过,发出沙哑的叫声,打破了海浪拍岸的单调声。直到他抬头看向高地上的岩脊时，才发现有一道身影闪过。一个十分奇特的身影……

难道是他幻视了？还是因为被囚禁的这几天消耗了太多能量，导致他出现了幻觉吗？

他揉了揉眼睛，定睛一看，那个身影已然消失。

他只好继续前进，心里不免一阵狐疑，不停打量着四周，始终在怀疑他的视觉是否准确。过了一会儿，正当他准备安下心来的时候，他好像又看到了新的幻象，这次比之前更短暂，而且形象截然不同：那是个戴着圆形头盔的士兵。

一个士兵。

他在康沃尔看见了一个二战时期的士兵。

难道他已经疯了？他耸了耸肩，将这一切归咎于因疲劳而受伤的神经，对了，还有可能是因为最近的酗酒行为。然而，此刻他的记忆突然涌上心头，眼前不断浮现出往日的画面。

一回到庄园，他就感到一阵压抑，身心俱疲，此时赫斯特警官又来打听情况。接待他的时候，马勒森毫不掩饰地表达了他对监视的不满，希望尽早停止这场闹剧："警察难道没有其他事情要做吗？非得要追踪安守本分的市民吗？"看到马勒森的怒火，赫斯特感到十分吃惊，并承诺以后会更加谨慎。

上床睡觉前，马勒森又喝了几杯白兰地。卢卡斯告诉他已经决定在本周末离开，并再次试图开启购买土地的谈判。马勒森毫不客气地让他滚蛋，然后就上床休息了。那晚，他彻夜未眠，好几次听到了楼上的脚步声……

是那个士兵的脚步声……

这些声音在他狂热的脑海中发出回响，他的眼睛大睁着，无数画面在眼前一闪而过……伊普尔、战壕、炮弹、如草芥般倒下的战友……"阿尔戈"号的沉没、悲惨的求救声、女人和孩子的哭喊声……不幸的人们被汹涌的海浪拍到岸边的巨石上，为数不多的幸存者被推到了海滩上……

上帝啊，这场噩梦究竟还要持续多久？

第二天，他很晚才出门散步，因为早上去送卢卡斯，下午快三点钟的时候才到家。那天的海岸线上几乎没有风，天边乌云密布。这次，尾随其后的警察自动与他保持了一定距离。显然，这位警员已经接到上级指示，而且也越来越不相信海妖的诅咒。

沿着海岸线走了一个小时后，杰森·马勒森突然感到一阵倦怠，莫名的忧郁使他想起了埃德加。尽管他对这位诗人满怀怨恨和愤怒，但这是他生平第一次和埃德加感同身受。他似乎能理解那位可怜的年轻诗人在生命中所经历的孤独、挫折、自我封闭和难以言说的苦闷。

他停了一会儿，目光落在了灯塔后的海湾，于是想去那里转转。自从沉船事故发生后，他从未回过那个地方，但在这一天，他的好奇心战胜了恐惧。他站起身来继续前行，就在这时，他听到有声音在呼唤他。和昨天一样的声音，但距离更近了……那是一种柔和、轻快而又悦耳的声音……

这声音是从身后的高地传来的,还是来自下面的海湾?仔细环顾四周后,他突然看到一道身影如魔法般在两块岩石之间出现……

　　只不过这道身影离得比昨天更近了……

　　杰森·马勒森吓得僵住了。

　　不,眼前所见是不可能的……

第二十二章
紧急解决方案!

（一）

跟踪马勒森的警察强忍着哈欠，心想他的"猎物"也该原路返回了吧。今天的工作比之前几天更加痛苦，因为赫斯特警官要求他比之前更加谨慎，这可把他累坏了。他不断前进，后退，左右奔跑，绕路而行，还要在没有掩护的地方保持距离，一旦有机会就要尽量接近目标，真是艰辛的任务。这一切都是为了避免让目标受到监视的感觉，然而此人明知自己时刻处于监视中。警察感觉自己才是这场狩猎的"猎物"，他已经像兔子般东奔西走了一个多小时。幸好，马勒森想休息一下，他这才得以松了口气。

庄园主又继续前行了，但又突然停了下来……

他们之间隔着大概四十米的距离，警察能清楚地看到马勒森的身影，不过并没有特别关注马勒森的一举一动，只是让他停留在自己的视线范围内。但突然间,警察看到他做了一个十分突兀、令人费解的动作——只见马勒森向前倾去,紧接着听到一声恐怖的尖叫,然后他就消失在眼前。

警官张大嘴巴惊得目瞪口呆,他凝视着马勒森消失的地方,呆了几秒钟后径直跑了过去。到达现场以后,他从峭壁上探身往下看去,发现庄园主扭曲的身体躺在了离峭壁顶端二三十米之下的地方。他仔细搜查周围,却没有发现任何可疑的东西,连个鬼影子都没有。实际上,从出门散步到现在,除了受害者,他就没看到过其他人。这个地方荒无人烟,只有海鸥在空中盘旋,尖锐的鸣叫声划破了周遭的寂静。

警察的心怦怦直跳,他沿着崎岖的山岩艰难地爬下去,费尽力气才来到这个可怜人的身边。如他所料,现在已经无力回天,马勒森的头泡在了血水中。此处虽然是沙质地面,但在摔落过程中,他不幸地撞到了几块凸出的岩石。警官俯身怜悯地注视着马勒森的尸体,突然,他被一个奇怪的东西吸引住了……

(二)

那天早上,法尔茅斯警察局局长办公室弥漫着死一般的寂静。赫斯特坐在椅子上,面对着一把空椅子,椅子的主人斯托斯伯格双手背在后面,怒气冲冲地在房间里踱来踱去。桌上是局长整齐码放好的卷宗，赫斯特带回来的皱皱巴巴的文件袋在一旁显得十分突兀，不过袋子里装着的东西却不同寻常：一把折断的旧羊角梳。

"我们在受害者旁边的沙地上找到了它，就在距离他右手约三十厘米的地方。"阿奇博尔德·赫斯特清了清嗓子，解释道，"在稍远处两三米的地方，还有一些被海浪冲上岸的贝壳。那里位于小海湾的末端，涨潮时几乎完全被水淹没，所以我们可以认为这把梳子是被海浪冲上岸的，这种可能性是存在的。但如果是这样的话，那么这把梳子没有在水中停留太长时间，因为它并没有被海水侵蚀……当然，也可能只是某个来散步的人随手扔在那里的。"

斯托斯伯格扶了扶玳瑁边框眼镜，斜眼看了看赫斯特，然后说道："我记得这个海湾很难进出，是吗？"

"没错，但我认为有可能是某个在峭壁小径上散步的人，把这把梳子丢弃在那里的。"

"您把它跟另一把梳子比对过了吗，就是您在庄园卧室里找到的那把——在马勒森夫人撞到头的地方？"

"那是当然，"赫斯特用非常职业的口气说道，"但这两截梳子并不是同一把。这一把是角质的，那一把是乌木的。"

斯托斯伯格再次扶了扶眼镜，嘟囔道："可能只是巧合吧。"

"是的先生，但原则上，我通常会避免先入为主的想法。我觉得，作为有职业素养的警察，应该再继续跟进……"

第二十二章　紧急解决方案！

"得了吧，不要给我提什么理论！"警察局长冷冷地打断了他，"现在可不是说大话的时候！我把这个任务交给了您，让您保护一个人并破解这个案件，然而，到目前为止，您的表现可算不上出色。无论有没有梳子，我只需要您查出罪犯的名字，找到合理的解决方案，并且要快。否则，人们可能会指责我草率地将这个棘手案件交给其他部门……至于您，亲爱的，用不着我提醒，这事关您在伦敦警察厅总部的仕途！"

"我知道……"赫斯特一脸窘迫，小声地嘟囔着。

"那么，我需要的是成果，而且越快越好。那位负责跟踪马勒森的警察，您总该认真审问过了吧？"

"当然！他是我们唯一的目击证人。我让他重复陈述事情的经过不下十遍，如果他在监视中有所松懈，因为怕担责而撒谎的话，一定会露出马脚。但他的叙述没有任何破绽，每次的陈述内容都是一致的：除了马勒森，他没有看到任何人。事发时，他正站在一条岩石狭道里，因此他的视野受到了限制。但他发誓没有任何人接近马勒森，将他推下悬崖。他看到庄园主独自一人站在悬崖边，身子往前倾斜……遗憾的是，他只能提供这么多信息。至于庄园主，我们找到他的时候，已经一命呜呼。他身上有多处骨折和擦伤，至少能明确他的死因：他是在坠落的过程中摔断了骨头。"

斯托斯伯格取下眼镜走到窗前，背对着赫斯特。

"也就是说，这有可能是一起自杀案。"他说道。

"是的，我也这么想，"赫斯特表示同意，"因为庄园主最近的情绪十分低落……"

"这是继年轻诗人之后的第二起自杀案件。这还不到十天，也太频繁了！对于第一个案件，我可以理解，因为众所周知，马勒森夫人的表弟情绪并不稳定。至于马勒森……我们需要非常充分的理由才能解释这种假设，赫斯特，您明白吗？否则，我们就得寻找其他解释！之前就有人听到了尖叫声……更别提其他疑点了，更何况，还有这两把梳子！——对了，您有没有想过去盘问一下那个住在山里的野丫头，就是那位尼尔森小姐？据说她的母亲和外祖母曾被怀疑与海妖的故事有关联。"

"先生，第二起悲剧发生后，我还没有时间去盘问她。但坦率地说，我觉得这两把折断的梳子更加证明了她的清白，而不是加重她的嫌疑！因为这些梳子会使人想起海妖的传说，引起人们的怀疑。如果有人故意把梳子放在那些地方，我想那一定是为了误导我们去指控她……"

斯托斯伯格仍然凝视着窗外的街景，然后提醒道："您知道，公众的看法常常会被我们忽略。我对这些事情也有着很丰富的经验。这些流言蜚语实际上都是基于真实的事实。对村民们来说，八卦几乎是他们的第二职业，因为他们没有其他休闲方式，只能相互窥探、评判着邻里乡亲的每一桩怪事，窥视着窗帘后面的一切。如果我们轻视他们的证词，那将是愚蠢的，因为这些证词提供了大量的细节，而细节背后往往能得出接近真相的结论。

在我看来，不考虑他们的猜疑，甚至全盘否认他们的话，是个极大的错误！"

两人陷入了沉默。局长突然的态度转变让赫斯特感到十分惊讶，但他心里清楚，解决这个案件的确迫在眉睫。

斯托斯伯格咬着眼镜腿继续说道："您看，如果我们稍微给这个牧羊女施加一点压力，进行更深入的盘问，最终我们会找到……真相。"

"恐怕我没有很好地理解您的意思，"赫斯特警官结结巴巴地说，"如果她没有嫌疑……"

局长缓缓转过身，用冷静而冷漠的目光看着年轻的警官，脸上几乎没有表情，像个爬行动物："不，我想您非常明白我的意思。我们必须尽快破案，甚至可以不择手段……"

（三）

傍晚时分，赫斯特、卡明斯医生和阿兰·图威斯特相聚在老词典学家家里。警官临时把这些人召集过来，因为他认为想要迅速破解案件，只能仰仗村里两位智者的帮助。

杰瑞米·贝尔喜欢担任导师的角色，但他似乎对调查的进展也颇感兴趣；马勒森坠落后，卡明斯医生是最早赶到现场的人之一，他对这起新的惨剧感到非常震惊；图威斯特则一副忧心忡忡的样子，听完赫斯特警官的解释后，他一言不发，深深陷入沙发中，似乎想要被人遗忘——要不是从烟斗里冒出来的烟圈，大家真的可能忘记了他的存在。

"今天下午，我在英格丽德·尼尔森小姐那里待了将近两个小时。"赫斯特不断向后撩起叛逆的刘海儿说道，"我对她进行了长时间的审问，采取了跟审问监视马勒森的警官一样的办法。我让她重复叙述了这两次悲剧的案发经过，实际上，两次案发时她都没有不在场证明：因为她当时独自一人在家。我尝试了各种方法想逼她露出破绽，但她都没有落入圈套。她的回答简单明了，甚至可以说有点顺从。这令我困惑，甚至让我恼火，我不由得抬高了音量！更可恶的是，我甚至觉得她对我的审问早有准备！"

"这很正常，"杰瑞米·贝尔揉了揉鼻子上的绷带，"她已经习惯了。毕竟一有命案发生，她总是会受到怀疑。"

"我知道！"赫斯特回答道，"但我只是在履行职责！我只是在审问和案件相关的嫌疑人！"

"您审问其他人的时候，也用了同样的方式吗？"

"没有。"警官懊悔地承认，"除了马勒森夫人外，我没能有机会盘问其他人。昨天上午，也就是在悲剧发生的几个小时前，卢卡斯先生离开了莫顿伯里。——话说回来，说到尼尔森小姐，贝尔先生，我想知道您的看法，毕竟您曾教导过她，应该很了解她。您认为她与这两起案件有什么关联吗？"

词典学家狠狠地瞪了赫斯特一眼，毫不掩饰他的轻蔑。

第二十二章 紧急解决方案！

"看来您没有我想象中那般敏锐啊，警官先生！我已经明确表达过自己的观点了。更重要的是——"他用粗大的手指摸着鼻子和脸颊上的绷带说，"为了劝导某些冥顽不灵的人，我已经做出了牺牲！您能体会吗？在我这把年纪，像我这样的博学之士，却被迫像个流浪汉一样动手打架。但我发誓，如果有需要，我愿意再干上一架！我不仅能对付恶棍，还能对付那些徒有其表、只顾自己利益的懦弱之徒！"

"我猜您是在骂那位……警察局长？"赫斯特一脸担忧，结结巴巴地问，"您……不会是想揍他一顿吧？"

"他就是找打！"杰瑞米·贝尔愤怒地说，差点没扶住他的夹鼻眼镜，"他如此无耻地逼迫您，为了破案不择手段，活该被打上一百大板！但是，我会用别的办法来对付他。比如，在某个揭幕仪式或者市政庆典上，我会在他的地盘上向全世界展示他的真面目——一个金玉其外的败类！一个以剥削纳税人为生、满嘴恶臭的大胖蟾蜍！绝对不能让他的唾液危及诗人和善良的人们！"

"但他是个位高权重的人。"赫斯特叹道。

"年轻人，您要是觉得我不自量力，那您就大错特错了！"

尽管和词典学家感同身受，但是出于破案的压力，警官还是暂时持保守态度。他转向医生问道："卡明斯医生，您有什么看法？"

"我同意杰瑞米的观点，"卡明斯医生无奈地回答，"我和他想法一致，但我没有他那样表达的勇气。我只能负责治疗伤口和擦拭瘀血……"

众人一言不发。

赫斯特率先打破了沉默："可是，这些案件后面一定有个凶手。当然，我说的是最近发生的两起暴力死亡案件，过去的事情不归我管。我可以相信莉迪·马勒森的表弟确实是自杀了，但这位庄园主死得实在蹊跷……唉！肯定是有人趁机找到了什么邪门的手段，把他除掉了。"

"很有可能，"杰瑞米·贝尔表示赞同，"关于埃德加的死，我同意您的观点。我们目睹了那场悲剧后，我思考了很久，除了自杀之外没有其他解释。至于杰森·马勒森，您说的也许是对的……在搜寻幕后黑手之前，我们得先思考一下凶手的行事方式。弗雷德，您当时在现场，对此您有什么想法吗？"

"关于梳子的疑点倒不成问题，凶手只需在受害者坠落后从上方扔下去即可。"

"我说的是，如果他是被人推下去的，凶手如何能做到不被发现？"

"唔，我觉得凶手可能藏在旁边，用一根长杆把他推了下去。或许，凶手就藏在岩石后面，警员没能察觉到……"

"那位警员并不这么认为，"赫斯特打断道，"我问过他这个问题，他向我保证，如果有棍子或类似的东西，他一定能看到。"

"如果他是被一块大石头砸中了头部呢？"贝尔猜测道，"如果凶手的动作足够精准迅猛，那完全有可能避开人的视线。更何况，那位警员可能并不像他声称的那样警觉……弗雷德，您有没有在杰森的头部发现可能由硬物撞击而造成的伤口？"

"至少有十几处，"医生不住地摇头，"他的头部受到了剧烈撞击，在这种情况下，什么假设都有可能成立。"

赫斯特摇摇头，然后叹了口气："我觉得这样下去不会有任何进展。也许更明智的做法是先找出有杀人动机的人。嫌疑人名单应该不会太长……甚至一只手都能数过来。就我个人而言，只对三个人产生了怀疑：英格丽德、莉迪，以及表弟卢卡斯。尽管马勒森只是克兰斯顿家族的赘婿，但牧羊女也有可能视他为克兰斯顿家族的代表，因此而憎恨他。至于其他两位嫌疑人，请大家说说你们的想法……"

犹豫片刻后，卡明斯医生说话了："威廉·卢卡斯是在悲剧发生的那天早上离开的，我觉得此事有些蹊跷。这似乎给他提供了一个无懈可击的不在场证明，但这还亟待验证。至于动机，我听说这位农场主希望从他的表兄那里购买土地，但马勒森似乎没有同意。"

"确实。"赫斯特表示同意，"而且，作为杰森·马勒森唯一的亲属，他可能会继承马勒森的一部分财产——我指的是他的个人财产。没错，您说得对，我会立即对这条线索展开调查，任何可能性都不能放过。"

"那我就来负责解释第三位嫌疑人的动机吧，"贝尔开心地说，"可能是跟女人有关。多少案件的元凶最终都被证实是跟女人有关。凶手是他的女人，也就是他的妻子。而且，一个妻子除掉丈夫的动机可能有很多种。我就随便说几个，首先，继承丈夫的财产，这难道不是种可能吗？尽管从财产上来看，莉迪并不贫穷，她的财产可能比杰森还多。因此，这个动机或许不够充足，但我们不能将其排除。其次，我认为是出于仇恨，这是典型的夫妻问题，有时不一定是非常深刻或顽固的矛盾，鸡毛蒜皮的事也可能成为导火索。这种情况下，我们就只能进行单纯的猜测了，而且是非常主观的猜测。"

"也就是说，我们绕了一圈又回到了原点！"警官嘟囔道，"这三个人或多或少都有些可疑，都有作案的动机。换句话说，我们的意见可能无法达成一致。"

赫斯特沉默片刻，目光冷冽地环顾四周，然后又不服气地继续说道："但我们必须找到解决办法。这些事必定是可以解释的。凡事都有因果。"

赫斯特的发言没有得到回应。警官看着陷入沉思中的图威斯特，毫不客气地打断了他的思绪："图威斯特，您今天似乎不太健谈啊。从前的您总是口若悬河，今天是变聋了，还是变哑了？"

"没有变聋，也没有变哑。"图威斯特毫不在意地回答。"我的朋友，看看现在几点了？"他转向时钟，"再过十分钟就是六点了。如果快马加鞭，您还能去邮局给斯托斯伯格发个电报。说真的，您告诉他一句话就足够了。"

赫斯特察觉到有些不对劲，疑惑地挑起眉头："一句话？什么话？用来说明什么？"

"案件已解决。"

赫斯特惊讶地瞪大双眼，结结巴巴地说道："案件已解决？您该不会是在说您已经破案了吧？"

"您真是让我大吃一惊啊，年轻人！"杰瑞米·贝尔扶了扶夹鼻眼镜，对图威斯特说道。

"案件已解决？"赫斯特仍然不敢相信，"您……不是在开玩笑吧？"

"我没有开玩笑。"图威斯特回答道，"我原本希望为马勒森夫人保留一些体面，但现在已经不可能了。因为某人的仇恨或懦弱，无辜的人们正身处险境，继续沉默将使我成为帮凶。要知道，杰森·马勒森并非受害者，而是一个真正的杀人凶手。他为自己犯下的可耻罪行感到追悔莫及，最终自杀了……"

第二十三章
阿兰·图威斯特的解释

房间里陷入了死一般的寂静。在三位同伴惊讶的注视下,阿兰·图威斯特平静地装好烟斗,催促赫斯特尽快赶去邮局,否则就要关门了。

警官如同被催眠一般站起身,结结巴巴地问道:"告诉我,马勒森犯了什么罪行?"

图威斯特平静地回答:"在解释这件事之前,我想先回顾一下几年前令克兰斯顿家族陷入悲痛的两起离奇惨剧:查尔斯爵士和朱利安·克兰斯顿的死亡。人们草率地将两起事件归咎于邪恶的海妖。"

当赫斯特在一刻钟后赶回来时,听众的紧张情绪已经到达了顶点。杰瑞米把玩着手里的雪茄,不停地扶着眼镜;卡明斯医生一反常态,用热切的目光打量着图威斯特;赫斯特则难以控制地气喘吁吁。

沉思片刻后,图威斯特开始了讲述。

第二十三章　阿兰·图威斯特的解释

"不久前，贝尔先生曾告诉我，海妖的起源要追溯到远古时代，也许和《奥德赛》一样久远，所以想要搞清楚她的起源必定是徒劳的。我们只需要记住她所引发的恐惧和神秘感便足够了。这个地区对这样的传说尤为敏感，每当夜幕降临时，哪怕一丁点的古怪声响都会引起人们对灵异幻象的联想。

"那个晚上就是这种情况。查尔斯爵士和他的朋友们一起在客栈里借酒浇愁，不知道是什么人类或动物发出了一声尖叫，所有人都听到了，只有他没听到，但这并不重要，重要的是查尔斯爵士当时的心境。他刚刚与妻子大吵了一架，心情十分沮丧，试图通过酒精来打发悲伤的情绪。据大家所说，查尔斯爵士夫妇曾是一对模范夫妻，如今因为一封情妇的信件，使他们的关系走向了破裂。那封信能被发现是一次不幸的巧合，可以说不幸至极，因为就在不久前，查尔斯爵士曾公开向魔鬼发出挑战。这封信不仅证明了查尔斯爵士与人有染，而且对方还是个声名狼藉的女人——尽管这样的名誉评价毫无根据。但更可悲的是，那个女人并非自愿接受这段关系，而是在被迫忍受……查尔斯爵士的妻子对此实在难以接受，她无法原谅这样的背叛。因为自己一时糊涂，毁掉了整个人生，查尔斯爵士越来越觉得悔不当初。这就是他当时的心境。

"他一直在回想着自己的错误，'没有听到'那个古怪的声音，请注意，当时的叫声只是古怪，并不是尖锐。也许他根本没有听见，也许只是模糊听到了一点，但无论如何，他对此毫不在意。我个人认为，他根本不想讨论这个问题，于是很快打断了人们的提问，并声称根本没听到。他满脑子只想着自己的妻子洛蒂，因为那是对他最重要的人。回家以后，他试图再次向妻子解释。但这显然不是什么明智之举，虽然他没有喝醉，但也确实喝了不少。他们的谈话最终又陷入了新一轮的争吵，情况变得更加糟糕，我敢打赌，这一次夫妻俩一定大打出手了。我无法告诉你们其中的细节，但我可以想象，查尔斯爵士一定痛苦得发了疯，在酒精的刺激下疯狂地摇晃着他的妻子，试图让她理智一些，而他的妻子则进行了激烈地反抗，在愤怒、绝望和盲目的妒火中抓伤了他。两个晚归的醉汉恰好听到了他们尖锐的争吵声，几秒钟后，他们看到查尔斯爵士跌跌撞撞地从家里跑了出来，就像'被死神追赶'一样。他们已经先入为主地认定他受到了诅咒，只因为他没有听到尖叫声。"

"到目前为止一切都说得通，"杰瑞米·贝尔说道，他的夹鼻眼镜上映出壁炉里闪烁的火光，"但接下来，那个从空中向他扑来的海妖，您又如何解释呢？"

"一方面是因为两个目击者已经喝得烂醉如泥，另一方面他们已经形成了先入为主的印象。但更重要的是查尔斯爵士自身的意图：他一手造成了分离的局面，而后又被悲伤压垮，于是选择了从塔楼上跳下，结束自己的生命。他自己发出了尖叫声，并假装在与一只飞行的生物搏斗，这只是为了掩盖挚爱的妻子在他身上留下的抓伤痕迹。妻子爱得有多深，这些伤痕就抓得有多重。

第二十三章　阿兰·图威斯特的解释

最后他跳入虚空，佯装是被推下去的。我猜，他故意把自杀归咎于海妖的诅咒，是为了保护他的妻子，以免她因自杀事件而受到责难。从各个层面来看，这件事都像是恶魔在作祟，而查尔斯爵士还足够清醒，明白可以利用这一点，尽量避免自己所爱的人承受无谓的折磨。我想，他们应该还是深爱着彼此，因为洛蒂在不到一年后也同样撒手人寰。贝尔先生和卡明斯医生，你们比我更了解这件事，不过我相信，这起案件只能按照我刚才解释的方式发生。"

"确实。"卡明斯医生表达了赞同，"也许随着时间的推移，人们逐渐夸大了受害者颈部和手臂上的伤口。查尔斯爵士和洛蒂确实是我遇到过的最和睦恩爱的夫妻。但我想问的是：查尔斯爵士为何要寻求外遇呢？"

贝尔深深地陷进沙发，叹息道："自古以来这就是个难题，亲爱的弗雷德，我们必须直面人类心灵，才能明白这些令人称奇的纷纷扰扰，但这又是另外的话题了，与我们要讨论的内容无关。现在，图威斯特先生，我想知道您要怎么解释朱利安之死。其实……我从一开始就知道这件事的内情，但这并不是我推断出来的，而是有人告诉我的。上次我没有说出实情，是因为我曾发誓要保密，而且这与其他案件并无关联。这场悲剧首先要归咎于海妖引发的焦虑氛围，我希望你们能理解这一点。"

图威斯特兴奋地说："太好了！那您就可以印证我的推断了！以下是我的解释。这一次我们还是要考虑到受害者的个性。

朱利安非常严肃，是个不苟言笑的人，通常我们都喜欢跟这样的人开玩笑。然而，这一次他们的玩笑开得有些过了头。

"这天，朱利安·克兰斯顿决定稍微放松一下，参加了一个朋友的生日聚会。来参加聚会的都是男性朋友，这些朋友策划了一出恶作剧，他们假装听到了令人恐怖的尖叫声，当然这都是他们编出来的，根本没有什么尖叫。朱利安被吓得魂不附体，这正中朋友们的下怀。当时一切都很正常，然而不久之后，无法挽回的事情就发生了。大概是因为担心自己会遭遇不幸，朱利安变得失魂落魄，以致在悬崖边散步时不慎失足。对伙伴们来说，这是件不幸的事。因为如果他们承认开了这个玩笑，就等于承认他们对这起事故要负重大责任，所以他们决定对这场荒诞的闹剧保持沉默。虽然他们的沉默并不是谋杀，但仍然有些不道德……"

"请设身处地为他们考虑一下！"杰瑞米·贝尔在椅子里大声说道，"他们的事后忏悔不仅无法让不幸的朱利安起死回生，反而只会让大家感到难堪！"

"噢，这简直是太过分了！"卡明斯医生责备地看着他的朋友说，"连我都不知情！要知道我一直信以为真！贝尔，这可不是什么光彩的事！"

"嘿，别这样，弗雷德！"词典学家转动着无辜的双眼说道，"我也没有参与这件事，只是有人告诉了我而已，而且是在事发之后。"

"也许吧。但您也完全有可能参与其中。这样的把戏完全符

第二十三章　阿兰·图威斯特的解释

合您的风格！"

"我承认您说得没错，弗雷德。天哪，我们不要为了这些鸡毛蒜皮的事纠缠不休了！还是听听图威斯特先生接下来的解释吧。他已经对过去的事进行了精彩的回顾，现在应该与我们谈谈眼下的这桩案件了，杰森·马勒森到底犯下了什么可怕的罪行？说实话，年轻人，我还是无法相信他是杀人凶手！"

"事情并非如此简单，一会儿您就明白了。在回到这个问题之前，我想先说完其他内容，尤其是埃德加的离奇去世，我们都目睹了那件事的发生。不过，其实没有什么可说的，这个可怜人突然发疯自杀了，仅此而已。你们都知道，埃德加的心灵有些脆弱，尽管我对他的心理状况有一些了解，但目前我更愿意保持谨慎，不谈论这个问题。无论如何，贝尔先生，请记住：我们当时目睹了这场悲剧。不得不说，除了自杀，找不出其他解释了。与他的外祖父一样，埃德加假装在与人搏斗，但却是出于不同的原因。然后他发出一声恐怖尖叫，传到了我们的耳朵里，接着他就跳下了塔楼……"

"我不同意，侦探先生！"贝尔举起手说道，"我们并没有看清楚袭击他的人，所以才判断他是自杀。但杰森·马勒森亲眼看到了有个人影在与埃德加纠缠！"

"马勒森的证词毫无价值，绝对不能相信。我现在无法向你们解释清楚，但请相信我，他有充足的理由使人相信这是一起神秘事件。"

"……所以说，那声恐怖尖叫，也许并非埃德加发出来的。我们好像听到声音是从塔楼上传来的，但我认为事实并非如此。你们还记得吗？那晚狂风大作，风向变幻莫测。我个人认为那声音更像是从东边传过来的，仿佛是被风消了音……"

图威斯特点了点头，微笑着看看词典学家："看来您热衷于把事情复杂化，既然如此，我们就来好好研究一番。如果风不断改变方向——当然事实也的确如此，那么它也有可能把埃德加的尖叫声吹回我们这里。也就是说，我们听到的声音应该是时强时弱的，这样的解释是否更符合您对细节的严苛要求？"

"我就是随口一说。"贝尔不屑地回答，"请继续分析吧。姑且认为那位年轻诗人是跳下塔楼自杀的，但现在，我的老天！快告诉我们杰森的事情吧！他到底犯下了什么可憎的罪行？他是不是那个冒名顶替的帕特里克·德根？是否残忍地谋害了真正的杰森·马勒森？"

"被谋杀的人不是杰森·马勒森，而是帕特里克·德根。应该说，为了达到自己的目的，真正的杰森·马勒森犯下了令人发指的罪行，就连恶贯满盈的罪犯也会为之颤抖！"

第二十四章
"阿尔戈"号和"泰坦尼克"号

　　看到三位同伴越听越困惑，图威斯特继续说道："这个问题三言两语实在是说不清楚。之前的调查让我们陷入了无法解开的复杂局面，甚至陷入了真正的悖论。但我不是个轻言放弃的人，这种性格可能源自我的爱尔兰血统，或许更有可能源自我的母亲。要知道，她被认为是我们那里最固执的女人。这个挑战似乎超出了人类的智力范围，但我仍然没有放弃。我反复思考着这个问题，一百次，一千次，甚至无视正常的逻辑。最终，多亏了您不经意间的启发，我终于找到了答案！"

　　"什么启发？"贝尔迫不及待地问。

　　"您告诉了我关于'冰冻人'和碰碰岩的故事……"

　　老词典学家放声大笑，然后说道："您竟然不知道碰碰岩？年轻人，您可真是让我大开眼界啊！"

　　阿兰·图威斯特淡定自若地继续说道："最终我得出了如下结论：战后回到庄园的男子既是骗子帕特里克·德根，也是杰森·马勒森。虽然这听起让人感到困惑,但请容我细细道来——所有看似荒谬的细节,都将为我们揭晓答案。

"一方面,我们可以从各种迹象判断出,战后回到庄园的人就是帕特里克·德根。他的品位、阅读习惯、着装方式、性格、棋艺,以及狗对他的恶劣态度,甚至包括他捻胡须的特殊癖好,等等,都说明了他就是那个冒名顶替者。而且,这件事本就疑点重重,一个臭名昭著的骗子长得与马勒森几乎一模一样,这不可能是纯粹的巧合。我相信,这世上有很多匪夷所思的巧合,它们无处不在,还经常愚弄我们,但这个情况属实超出了可接受的范围。帕特里克·德根肯定从中做了些手脚。

"另一方面,我们已经通过两次记忆测试确定了马勒森的身份。所以,我们大致可以得出以下结论:马勒森去参战,战后回来的人却是帕特里克·德根,但这几天我们遇到的人似乎又是真正的马勒森。这个假设对我来说十分荒谬,完全不可理喻,毕竟冒名顶替一次已经很困难了,更何况现如今还涉及了两次冒名顶替。在第一次冒名顶替发生后,帕特里克·德根取代了庄园主马勒森。然而马勒森并没有死,他活着回来并重新夺回了自己的位置。

"最初我只是进行了简单的概率计算,并不完全相信这就是事实,尤其某些事实的出现更是推翻了这种假设:我初到庄园时,曾和庄园主提到上述的一些细节,当时的庄园主对此做出了非常可疑的反应,比如当我突然提到书架上的那些古怪藏书时,

第二十四章 "阿尔戈"号和"泰坦尼克"号

他表现出明显的窘迫，这不免让人对他的真实身份产生了怀疑。

"在这个不可思议的推测中，还有另一个反常之处：与我对话的这位马勒森，他在行为上表现得和德根一样，或者说他试图模仿德根，这实在是让人摸不着头脑。然而我还是在思考，如果第二次顶替奇迹般地发生了，那也应该是借助了某个特殊事件，就像第一次顶替是利用了长期参战这个契机一样。乍看之下，好像并没有什么特殊事件发生，又或许是我疏忽了，但我还是一直在寻找庄园主曾经离开人们视线的那个契机。

"接下来，我还发现了一些其他的事，这似乎又再次说明了并没有发生第二次顶替：庄园主好像一直处于恐惧之中。令他如此害怕的原因有很多，其中之一就是那扰人清梦的脚步声，听起来像是那个被德根谋杀的前线战友杰森·马勒森。德根取代了马勒森的位置，如今马勒森的幽灵回到这里，来到德根的梦中纠缠他，使其良心无法安宁。我认为庄园主的恐惧不是装出来的，因为他试图控制住它，而且毫不在意地向我们透露他黑暗的过往。因此，这让人几乎确定庄园主就是帕特里克·德根这个冒牌货。

"我差一点就把二次顶替的推论束之高阁，就在这时，我的脑海中突然浮现出贝尔先生说过的话。当我把这些简单的词语和一些令人震惊的巧合机械地联系在一起时，突然感到醍醐灌顶，真是造化弄人啊！你们听听看下面的解释……

"首先，是这个放在马勒森家客厅壁炉上的帆船模型，莉迪称它为'泰坦尼克'号，因为下面的那些白色水晶看起来像造成沉船事故的冰山。这是一场众所周知的悲剧，所以大家对这样的命名都习以为常。但我注意到，杰森·马勒森本人非常讨厌这个名字，因为它让杰森想起了'阿尔戈'号沉船事故。这里发生了两次巧合事件。我曾跟庄园主提起他的名字和船的名字的关联，杰森和'阿尔戈'号——神话故事中的杰森也曾在旅程中历经磨难，而现实世界中的杰森也如同那位同名英雄，最终死里逃生。当时马勒森的脸色就变得十分苍白，但他用灾难创伤作为借口敷衍了过去。后来，因为他冷漠的性格，埃德加在不经意间称他为'冰冻人'，马勒森再次表现出强烈的抗拒，然而这不过是个无关紧要的称呼罢了。后来，他甚至不停地提起这个绰号。那时的我还没有将这些联系起来，但这些词语已经在我的脑海中浮现：冰山、'泰坦尼克'号、'冰冻人'、'阿尔戈'号、海难的受害者、幸存者杰森。当这些词语组合在一起后，一个可怕的结论呼之欲出。"

图威斯特停了下来，视线慢慢地转向词典学家。

"在这之后，贝尔先生跟我提到了碰碰岩，不久前赫斯特警官也曾偶然在我面前提到过，这让我突然灵光一现。对了，刚才忘记说了，其间我注意到马勒森曾抱怨帆船模型的位置发生了古怪的移动，而实际上那只是因为台灯的位置变了。有可能是女佣打扫房间的时候移动了，但这无关紧要。我们需要关注的是，台灯位置的远近对'泰坦尼克'号的位置产生了一些视觉影响。多亏了贝尔先生，现在我知道了什么是碰碰岩，这种致命的岩石会

第二十四章 "阿尔戈"号和"泰坦尼克"号

突然移动,把入侵者压得粉身碎骨,并阻挡'阿尔戈'号的通行。马勒森乘坐的'阿尔戈'号遇难原因至今都没有定论,我在想是不是'碰碰岩'从中作祟,使得'阿尔戈'号触礁沉没。在通向灯塔的必经之路上,一块岩石在海底移动,撞破了'阿尔戈'号的船壳……

"这是个几近天真的幼稚想法,但它使我联想到另一件事:壁炉上不经意间被人移动的台灯。有没有可能,岸边的灯塔就像这壁炉上的灯,被人移动了……当然,白天是行不通的,但是在夜里,制造这种幻象简直易如反掌。只需熄灭灯塔的灯,在另一个地方点燃明亮的灯火,这样就等于移动了一座灯塔,也意味着海底的礁石被移动了,就像碰碰岩一样。在凄风苦雨的黑夜里,那伸入海中的长长岬角,成了船只的致命陷阱。不幸的是,在一些走私犯的档案中就曾有过这样的先例,为了打劫船只,一些非法之徒曾毫不犹豫地采取类似手段。

"在思考的过程中,我一直忍不住地想:'阿尔戈'号海难事件后面藏着一只罪恶的手,自然,这一切都是杰森一手策划的。这是个可怕的推测,而且它仅仅基于一些文字上的联想。但经过更加深入的思考后,这个想法像岩浆一样在我的脑海里涌动,它缓慢而坚定地前进,用炽热的文字写下了可怕的真相,结论越发清晰,似乎所有那些曾被推翻的细节和信息,最终都变成了揭发马勒森的证据。现在,结论已经毫无疑问:马勒森就是这场可怕海难的罪魁祸首。此外,曾经被我束之高阁的双重顶替的

235

想法再次浮现在脑海中。这与我的最新推论十分契合，可以说完全融为一体。先生们，就这样，我把这幅骇人的拼图一块一块地拼凑了出来，这也许是史上最诡计多端的罪行。"

说到这里，图威斯特沉默了。不知是出于寒冷、困惑还是厌恶，在场的三位同伴似乎也变成了"冰冻人"，众人陷入了冰冷的沉默。

终于，贝尔开口了："所以，杰森·马勒森策划这场沉船事故，只是为了除掉冒名顶替的德根，重新夺回自己的位置？"

"没错。"

"那他为何要牺牲数百人的性命来除掉一个冒名顶替者，难道不能直接揭发德根吗？揭发一个骗子对他来说毫无风险，不是吗？"

"我们会讲到这个问题的，"图威斯特回答说，"您会明白他的选择其实非常有限。'阿尔戈'号海难事件就是我一直在寻找的那个契机，通过这件事，马勒森夺回了自己的身份。然后我又想到了他脸上的那道伤疤，此事也十分诡异。战后归来时，冒牌马勒森的脸因为一道疤痕而毁了容，一年后，他因海难事件接受了医生的治疗，在治疗期间，伤疤得到了明显的改善。这种解释似乎合理，但我无法相信。为了更清楚地说明这个问题，我打算从头开始讲述这个故事。

"我猜，骗子帕特里克·德根很早就在制订如何取代马勒森的计划。我没有相关证据，但这似乎更合乎逻辑。他可能制订了一个明确的计划,其中就包括系统性地销毁可能暴露他身份的各种文件。军事档案的丢失可能是得益于战火,但我敢肯定,那场烧毁民事档案的神秘大火,肯定与德根脱不了干系。从此,能证明马勒森身份的最后一份官方文件就这样化为灰烬。

"战争接近尾声时,德根认为自己已经足够了解、足够冒充他的朋友,于是便利用了一场混战,对马勒森发出致命一击,将他留在了敌方炮火不断轰炸的地方。我不知道马勒森是如何成功逃脱的,但他活了下来,毫无疑问,他受了重伤,战争结束以后几个月才得以露面。他的记忆也有可能受到了创伤。当他一年后回到家乡时,很快就明白过来,不过,也许在这一年中他已经听到了关于自己被顶替了的传言。于是,他决定秘密地把身份夺回来——这其中原因我们等会儿再来讨论。但马勒森该如何做到这一点呢?我想,他可能在白天伪装成渔夫到客栈打听消息,晚上便趴在庄园的窗户前监视德根。趁那个骗子去朴次茅斯的时机,他抓住机会重新夺回了自己的位置。

"首先,他杀死了德根,将他毁尸灭迹;随后便购买了一张去朴次茅斯的船票;之后又特意挑选了一个恶劣天气,乘坐'阿尔戈'号回程。当然,他没有登船,而是返回莫顿伯里,前往灯塔——他已经花了很长时间观察过往船只的航行轨迹。夜晚降临的时候,他熄灭了灯塔的灯光,在靠近内陆的更远处点燃了一团火,然后便静静等待着'阿尔戈'号在熄灭的灯塔附近撞上礁石。他密切关注着遇难的人们,我不清楚他是否知道这场海难会导致如此惨剧，幸存者如此之少……不过，冒牌马勒森已经死了，所以他不会有危险。最后，他跳入水中假扮成幸运的生还者，趁着夜色和混乱混进人群，这再简单不过了……"

"这太可怕了！"卡明斯医生震惊到发抖。

"是的，"图威斯特阴沉地点了点头，"我不知道当时的马勒森是否意识到自己犯下了什么滔天罪行，但他后来肯定意识到了，我们现在已经明白了这一点。无论如何，这场海难给他留下了精神创伤，至少看起来是这样。他变得焦虑、沉默，总是心不在焉，所有的怪异行为都被身边的人理解为海难的创伤后遗症。而且，他还在自己身上制造了一些伤口，主要是在脸上，显而易见，与德根脸上的疤痕在同一位置，只是他没能下得了狠手，没有勇气在脸颊上划得过深。为了解释伤疤的外观变化，他捏造出了所谓出色的外科医生的故事。不得不说，这场海难对他来说真是一个完美的解决办法。如果他单纯制造一次意外事故来除掉德根，由此夺回自己的身份，这很容易让人生疑。但面对这样一场空前的海难，人们的注意力肯定都集中在众多遇害者和少数幸存者的身上，谁还会去思考那些可怜的受害者是否是被谋杀的呢？

"最后一个问题：马勒森为什么要这样做？为什么不简单地揭发冒牌马勒森，一举夺回自己的身份？要回答这个问题，我们首先得知道，帕特里克·德根已经在村子里待了一年。人们可能已经注意到他的一些变化，比如他出色的棋艺，但是他已经成了众人眼中的杰森·马勒森，他已经通过了最艰难的考验：获得了他的妻子莉迪·马勒森的认可和接纳。这才是问题的关键……

"老实说，我不确定莉迪是否真的相信丈夫回到了自己身边，也不知道她是否意识到，自己的丈夫已经不是原来的那个人。也许她感觉到了，但又宁愿把疑虑压抑在内心深处。不过可以肯定的是，在我询问莉迪的时候，她已经爱上了这位新的伴侣：他不仅有着高超的棋艺，而且擅长取悦女人，在这方面他可以说是个专业人士。他举止优雅，穿戴精致，总是殷勤周到，我们的罗密欧一定是动用了他所有的魅力来征服莉迪·马勒森。真正的杰森·马勒森在窗后窥探这对夫妻时，应该马上明白了这一点。毫无疑问，他必然沉浸在无尽的仇恨和嫉妒之中。一个他如此欣赏的朋友，不仅背叛了他，企图谋杀他，还夺走了他的身份、庄园、事业和妻子！更让人气愤的是，妻子似乎还爱上了这个恶棍！

"马勒森的脑海中只有一个想法，那就是复仇。这个恶棍罪该万死，单纯的揭发太便宜他了！而且，如果他揭发了那个冒牌货，莉迪会作何反应呢？她会毫不犹豫地接纳真正的马勒森吗？到了那个时候，马勒森就成了背叛妻子，把她的情人送进监狱的罪人。要知道德根是个极具魅力的情人，连马勒森都自叹不如！

"毫无疑问，马勒森肯定会绞尽脑汁思考这个棘手的问题，同时继续窥视着这对夫妻。看到他们如此恩爱，他的仇恨和恐惧与日俱增。他认为如果揭发德根，他将彻底失去重新夺回妻子的机会。如果不想失去莉迪，他就必须取代帕特里克·德根，也就是说顶替这个冒牌货，并且所有的一切都不能让他的妻子察觉到。'阿尔戈'号海难事件发生后，杰森·马勒森开始竭尽全力在各个方面模仿他的对手——正是这一点误导了我们，以致我们在调查过程中感到非常困惑。我们原本以为，冒名顶替者在试图模仿真正的庄园主，然而事实恰恰相反，这位庄园主在竭尽全力模仿那个冒牌货，至少在妻子眼中看起来如此。杰森开始注重打扮，跟他读同样的书，开始喝白兰地，养成了捻胡须的习惯，偶尔开一些轻佻的玩笑，脸上总是挂着殷勤愉快的笑容。

"我观察到了这些细节，尤其是在莉迪·马勒森出现时，他像是重新振作起来似的。当妻子不在时，他便恢复了往日散漫粗犷的做派。"

"这太不可思议了！"赫斯特一拳打在掌心上，大声吼道，"您的解释完全合理，但该死，这太疯狂了，谁敢相信呢？"

"您需要证据吗？我可以给您提供证据，而且这比任何线索都更具说服力——这个证据就是国际象棋。您现在明白了吧，为什么在成为象棋高手后，马勒森无法再次证明他的才华：因为他已经重新变成了自己，他本人只是个棋艺平平的玩家。他很聪明，对我的问题都给出了令人满意的解答，唯独对国际象棋这件事无法解释。每当我提议切磋棋艺时，他总是毫不犹豫地拒绝，因为这是他的致命弱点，他自己也意识到了这一点。

"我不想为他犯下的罪行辩解，但我们还是应该试图理解他。他经历了战争的残酷，目睹了战场上横尸遍野、生灵涂炭的景象，连他最好的朋友都企图谋杀他，他因此深受打击，战后的几个月里，也许一直处在迷失的状态中；好不容易返回家乡，却发现妻子爱上了与自己不共戴天的仇人，这一系列的打击令他精神崩溃了。在策划仇杀计划时，他的头脑异常清醒，但我认为他肯定是被仇恨蒙蔽了双眼……不过，遇难者的绝望呼救声让他的良心受到了谴责，最终被可怕的回忆浪潮吞没。也许，他也曾想方设法掩埋脑海中这场悲剧的画面，但最终他的内心还是被悔恨所侵蚀，夜夜难以入眠。他开始做恐怖的噩梦，听到头顶上传来的脚步声……那自然是幽灵的脚步声，是在海难之夜命丧黄泉的男男女女的冤魂，还有被他杀害的帕特里克·德根。尽管对于谋杀后者，他没有任何悔恨，但还是会把他与其他受害者联系在一起，因为德根才是这场悲剧的始作俑者。

"这些悔恨使得马勒森终日惴惴不安，无时无刻不在与自己的良心做斗争，这一点我们都感受到了，但却完全理解错了，从而得出了南辕北辙的结论：我们认为是帕特里克·德根因杀害了庄园主而良心不安；实际情况却是庄园主在谋害德根时犯下了滔天罪行，因此感到悔恨万分。"

"真是快疯了，"警察长叹一口气，然后小声说道，"我们所有的推断既是正确的，同时又是错误的。现在，我终于明白您说的'既存在又不存在'是什么意思了……"

"亲爱的赫斯特，您应该明白，当人们提及'泰坦尼克'号以及称呼他为'冰冻人'时，他为何如此难以忍受了吧？他就是一座冰山，不是撞毁'泰坦尼克'号的那座冰山，而是毁灭了'阿尔戈'号的冰山！这些称谓令他想起了自己的可怕行径！他生前最后一段时间里，经常喃喃自语地说着这些话，最终跳下了悬崖。这至少证明了他还算有点良知，再也无法忍受自己的罪恶。"

杰瑞米·贝尔若有所思地叼着雪茄，然后评论道："年轻人，我认为您的解释完全说得通。不得不说，我甚至还能回想起马勒森在海难之后发生的变化……弗雷德，您怎么看？"

"我觉得图威斯特先生的解释很有道理，而且，马勒森所有的怪异举动到现在都有了合理的解释，我没什么可说的了……"

"不过，"贝尔抖动着雪茄说道，"我还有一个问题：那两把折断的梳子，到底是谁把它们放在了案发现场？"

第二十五章
绵羊的故事

（一）

斯托斯伯格局长站在窗户后面，微微拉开窗帘，出神地凝视着街景。那是周一的下午，街上几乎毫无动静。然后他戴上玳瑁边框眼镜，缓缓转向阿奇博尔德·赫斯特。此时赫斯特坐在办公桌前，努力保持着谦逊的态度，但还是无法掩饰住内心的骄傲。他嘴唇紧抿，脸上却挂着扬扬自得的表情。他的头上没有一根叛逆的发丝翘着，头发梳得一丝不苟。

"很好，"斯托斯伯格边说边朝扶手椅走去，"您的解释非常令人满意。我原本没有料到凶手是马勒森，但既然他自杀了，也给我们省了很多麻烦。看不出马勒森竟是这种恶棍，为了区区一个骗子，竟然牺牲了这么多人的性命……简直不可理喻。阿奇博尔德，您抽雪茄吗？您应该不介意我这样称呼您吧？"

"非常感谢！"赫斯特回答道。他高兴得红了脸，激动地伸手接过斯托斯伯格递过来的已经打开了的玛瑙盒子。

赫斯特点燃了雪茄,开始吞云吐雾。斯托斯伯格在扶手椅上稳稳坐下,若有所思地问道:"还有那两把断梳子,您能给出解释吗——不过那真的是重要线索吗?"

"那两把断梳?"赫斯特吃惊地重复道,"啊,对,我记得非常清楚……我记得在粉色房间找到的那把是乌木的,在海滩上找到的那把是角质的……"

斯托斯伯格皱起了眉头:"难道还有其他梳子吗?"

赫斯特轻轻咳嗽了一下:"没有,当然没有……我记得很清楚……您是说解释吗?当然……我马上解释给您听……"

赫斯特突然感到一阵恐慌。到目前为止一切都进行得非常顺利,他几乎逐字逐句地复述了阿兰·图威斯特的精彩演示,说得如此流畅,连自己都感到惊讶。但听到最后,当图威斯特对那两把断梳做出解释时,他只是心不在焉地听了几句,因为他早已被马勒森的真实身份和案件的多次反转震撼到了。他依稀记得,好像并没有什么证据……但具体是怎么说的呢?

"让我想想,"他暗自说道,"应该还能想起只言片语……真可惜,原本一切都进行得如此顺利!"他按照阿兰·图威斯特前一天的办法依葫芦画瓢,把这个复杂的拼图一块一块重新拼凑完整,不断累积对庄园主的指控证据,直到最后扫清了所有的疑虑。斯托斯伯格不止一次对他流露出惊讶和赞叹的目光。赫斯特回想起图威斯特友善而平和的脸,那天的记忆重新涌入他的脑海中。

"对不起,"他接着说道,"我最近有点睡眠不足……"

斯托斯伯格用慈父般的口吻安慰他说:"这完全可以理解。"

"昨晚我的朋友们一直想知道案件的所有细节,我反复解释了好几次,直到很晚才结束!我甚至觉得他们并没有真正听进去我对那两把梳子的解释……马勒森的真相已经足够令他们震惊!"

"确实令人震惊,相信我。"

"关于这两把梳子,"赫斯特清了清嗓子,"虽然我没有任何证据,但我认为这也是马勒森的杰作。他的心灵饱受困扰,最终开始相信在本地盛行的海妖传说。也许他在内心深处认为,应该把这些折断的梳子留在现场,以此把罪责都推到海妖身上。至于说他是如何留下第一把梳子的,我相信这对他来说不是什么难事,他随时可以把它放进粉色房间内。又或许,那把梳子只是单纯不小心被遗落在那里,可能是在我们发现这把断梳后,他才产生了嫁祸海妖的想法。至于第二把梳子,情况就明晰得多,只有他自己能把梳子留在沙滩上,因为只有马勒森才知道,将在那里结束生命的人就是他自己。"

几秒钟后,斯托斯伯格赞许地点了点头,突然抬头直视对方的眼睛:"阿奇博尔德,你出色地破解了这个案件。这是个非常棘手的案子,你的众多同僚们恐怕都望尘莫及。尽管年纪轻轻,但你已经展示出了非凡的推理能力,我认为你已是全国最优秀的侦探之一。我将上报此事,毫不夸张地说,我相信你的前途十分光明。说实话,你超凡的洞察力给我留下了深刻印象!"

赫斯特涨红了脸,结结巴巴地表达了感谢。离开法尔茅斯警察局时,他开始相信真的是自己在脑海中逐步推理,最终导出了真相。不过,最终他还是承认了朋友的功劳,只不过稍微占有了一些朋友的贡献,认为图威斯特只是自愿参与了破案,提供了一些有益的建议罢了。

(二)

两天后,成功破案的阿奇博尔德扬扬自得地返回了伦敦,而阿兰·图威斯特则决定继续在村子里待上一段时间。他告诉警官,这个艰难的调查任务让他身心俱疲,他需要放松一段时间。此话确实不假,但实际上,他还有个更加坚定的想法没有说出来。

连着两个下午,他都在山上帮牧羊女照看羊群。周围一片沉寂静默,只有风声在呼啸,偶尔传来羊羔的叫声,像是悠扬的歌声,如同心灵的悲鸣,又像是一首哀伤而婉转的乐曲。他从未感到如此幸福,只有这广袤的大自然能给予他这样的自由和宁静。看着无尽的大海,风在草地上吹起的阵阵涟漪,以及空中变幻莫测的云朵,他感觉自己拥有整个世界,拥有这样一个被牧羊女的

第二十五章 绵羊的故事

温柔目光照亮的美妙世界。

他们经常相伴无言，任凭时光静静流淌。但不久前发生的悲剧偶尔会打破这份默契的宁静。

从他们所处的地方看，克兰斯顿庄园像是一个微型玩偶屋。图威斯特指向庄园，询问牧羊女最近是否有去见见她的姐姐。年轻的牧羊女郑重地摇了摇头。

"您应该去看看她，"图威斯特继续说道，"因为丈夫的死，她感到十分悲痛。"

"她知道……所有的细节吗？"

"赫斯特警官没有掩饰事实真相，向她解释了所有的情况。我认为这样更好，无论如何，她迟早都会知道的。据赫斯特说，她几乎没有任何反应。杰森自杀的消息令她终日消沉，好像其他事情都不重要了。所以我觉得您应该时不时去看望一下她，这对她有好处。她现在很孤独……"

"我会考虑的。"英格丽德回答道。她漫不经心地望着云彩，明亮的眼睛中有一层阴霾在逐渐消散："但说真的，我不知道该跟她说些什么。我觉得她也许会感到非常尴尬……您不觉得这时候的她会更想独处吗？"

图威斯特没有看她，最终提出了一个令他煎熬已久的问题："您喜欢孤独，是吗？"

他没有得到回应，耳边只传来了席卷着荒凉草原的、低吟的风声。牧羊女一言不发，长长的鬈发时不时在肩上飘动，又时不时地在头上飞舞。图威斯特走近她,帮她把发丝挽到耳后,并告诉她,这是他所见过的最美丽的面孔,不想让它被风扬起的发丝挡住。然后他坦承,在他心里,英格丽德就像一幅美丽的图画,他希望能够将其珍藏在心底。

英格丽德显然受到了触动,却没有说一个字。直到回到农场,他们之前的美好瞬间已经不复存在。图威斯特告诉她,他理解她的态度,他刚才的确忘记了英格丽德已经订婚的事实。

他站在门口问道:"我可以知道是谁吗?"

牧羊女的视线落在图威斯特身上,却似乎是穿透了他。

"他是个很有魅力的人,"她迟疑地说道,"很有魅力……他无疑是世界上最有魅力的男人!"

"您经常与他相见吗?"

"不,但这并不重要……我很爱他。"

在返回客栈之前,图威斯特又走了长长一段路。他回到客栈时,夜幕已经降临。他感到天旋地转,思绪变得无比混乱,心里产生了一种极度空虚的感觉。这到底是怎么了?难道他已经无法主宰自己的思维了吗?

他回到房间里,在信纸上写下了自己在埃德加的笔记中读到的几行诗句,并附上了前言:"我想不出更好的办法来表达我的想法,只能写下这些诗句。我知道这是来自我心灵的声音,而不是理性的声音……希望您能够明白。"

他将信纸放进信封,第二天就寄了出去。两天后,客栈老板

第二十五章　绵羊的故事

递给他一封回信。英格丽德的回复简短而明确：

"我和我的羊群生活得很幸福，我钟爱孤独。永别了。"

收到回信的那天下午，阿兰·图威斯特带着行李离开了客栈。他坐在开往法尔茅斯的车上，一次都没有回头。他没有再最后看一眼克兰斯顿庄园，也没有再看一眼莫顿伯里和这里的山丘。他的脸上流露出深深的留恋，同时又透出万分的决然。

第二十六章
"世界上最有魅力的男人"

第二年的春天,赫斯特在伦敦警察厅总部的新办公室里接待了他的朋友图威斯特。阳光从敞开的窗户里洒进来,照在崭新的房间和家具上。

赫斯特看着朋友打量完新办公室后才开心地问道:"怎么样,图威斯特,您觉得如何?比我以前的'笼子'好多了吧?我搬到这间新办公室已经有一段时间了。"

"如果我没有记错的话,已经六个月了吧。"图威斯特坐在对面的椅子上说道,"自从您出色地解决了'海妖的叫声'这个案件后,就拥有了这间办公室呢。"

"行了,行了。"赫斯特机械地整理着桌上的文件,"这里没有外人,不用说客套话。多亏您把这个谜团解开,还慷慨地把所有功劳都留给我,图威斯特,我实在是亏欠您太多了!自从这个案件以后,我就像是换了个人生!这是我职业生涯的真正转折点!"

第二十六章 "世界上最有魅力的男人"

"我也是。"图威斯特伸了伸腿,叹息道。

"确实,"赫斯特轻轻地抚摩着下巴说,"虽然我对之前的您也不算太了解,但还是觉得您相比之前有了不少变化。您不再研究神秘学或类似学科了,对吗?"

"对,我现在只做犯罪调查了,您应该很清楚。"

"是啊。"赫斯特打开面前的文件夹,"不过我得说,这是我们的幸运。有时候我真的在想,没有您我该怎么办!喏,看吧,我的头儿刚刚又交给我一个离奇案件……一个江湖术士当着十几个人的面,把自己关进了一个大箱子里。当人们担心地打开箱盖时,里面只剩下了半个人!他被锯成两段,只剩下躯干和头,腿和骨盆不翼而飞!人们就围在箱子周围,但没有任何人看到任何东西。凶手就像是会隐身术一样,在目击者的眼皮子底下悄然行凶。又是一起匪夷所思的案件!从年初开始,这是我碰到的第三个类似案件了。真是不可思议!而且,我似乎被认为是唯一能够解决这些案件的人!"

"这就是出名的代价。"

警官厌烦地合上文件,沮丧地摇了摇头:"有时候,我觉得这个代价太大了。但谢天谢地,幸好有您,图威斯特。我知道,在我身处困境时,您绝对不会抛弃我……"

警官又深深地叹了口气,突然转头对图威斯特说:"不过,顺便问一下,图威斯特,您这么做是为了什么?为什么您如此不遗余力地帮助我?要知道,我永远也无法回报您的大恩大德。"

图威斯特眼中闪过一丝狡黠的光芒:"不要贬低您自己的功绩,赫斯特。您承担了大部分的工作,我只不过是给您提了一些建议……"

"您这是在回避我的问题。"

"我刚才已经说了,我决定全身心地投入犯罪调查中……"

"这就是问题所在:为什么呢?当然,我非常欣赏这种无私的合作……但您对犯罪调查如此认真,甚至可能比我还认真,这不免让我开始有些怀疑了。"

图威斯特的脸突然阴沉下来:"赫斯特,您真的想知道原因吗?我提醒您,如果我说出来,您必须为我保守秘密,但是这可能会让您感到为难……"

"我向您保证,我绝对保守秘密!"

图威斯特耸耸肩:"好吧。这么说吧,我对正义欠下了一笔巨额债务,因为太过深重,我此生都无法偿还。这件事跟'海妖的叫声'案件有关。"

警官眯起眼睛,露出狡猾又警惕的表情:"这我早就猜到了!"

"其实,我没有告诉您全部实情……"

"什么?"赫斯特生气地说,"您是想说,您的解释是错误的?"

"大体上并无差错,但并不是所有命案都是自杀。想想看,这些自杀案加起来还真不少,起码有三起:查尔斯·克兰斯顿爵

第二十六章 "世界上最有魅力的男人"

士、年轻的诗人和杰森·马勒森。不同于我之前所说……最后两位是被谋杀的。"

警官紧紧抓住新办公桌的桌角，呆滞地看着他的朋友："埃德加和杰森·马勒森是被谋杀的？怎么可能？我们不是已经证明过不可能是他杀了吗？凶手到底是谁？"

图威斯特低下头，咽了口唾沫："杀死他们的凶手已经死了。上个月我在报纸上看到一则消息，凶手割腕自杀了。说实话，我不知道这起自杀是出于对罪孽的愧疚，还是为了结束沉闷和悲惨的人生。"

赫斯特突然推开文件夹："这是什么乱七八糟的事？图威斯特，您不是在开玩笑吧？！"

"没有半句虚言。我掩护了一个杀人犯，助她逃脱了绞刑……"

"可您这样等于是共犯！您与凶手合谋杀了人！"

"赫斯特，我已经提醒过您了。幸运的是凶手已经死了，但如果重来一次，我相信……算了，不要再谈了。"

警官往椅背上一靠，眼睛望着天花板："告诉我，这不是真的！您为什么要这样做？"

"因为……"图威斯特低沉地回答道，"因为这对我来说太难了。我永远无法将这个人交给司法机关，我做不到……"

"等一下！"警官突然喊道，"我想我知道您说的是谁！我记得我读过那篇文章……不对，这甚至是斯托斯伯格亲自告诉我的！是一月份的事情，对吗？"

图威斯特十分平静地说："人们在海滩上找到了她。她不仅投了海，还特意割开了自己的血管。"

"英格丽德——那个小牧羊女！"赫斯特惊呼道，"什么？您想让我相信是她杀了年轻的诗人和杰森·马勒森？这根本不可能！"

图威斯特缓缓地点了点头："这一点毫无疑问。而且，您还记得吗？当时很多人都怀疑她是致命的海妖。他们说得没错，就是她。"

"也就是说，您故意隐瞒了这个事实？"

"阿奇博尔德，"图威斯特抬起蓝色的双眸坦言，"她也无能为力……这不是她的错……"

赫斯特无法控制住自己的冷笑："我明白了。您又要开始跟我讲述她不幸的童年之类的故事了吧？我太熟悉这套把戏了。"

"不是的。这是因为她的未婚夫。她曾试图告诉我，但我没有立刻理解。这个她从未谋面的最有魅力的男人——就是魔鬼。"

尾声

1925年11月底，整个英国都沉浸在一片哀悼之中。亚历山德拉王后因突发心脏病离世了，当时她正在爱德华七世位于伦敦附近的桑德灵厄姆宫中度假。

得知这个消息时，阿兰·图威斯特刚在普利茅斯火车站下车，顿时悲从中来。他十分爱戴这对皇家夫妇，尤其是亚历山德拉王后。那天清晨，他到达预订好的酒店后收到了一封电报，这才得知原本要会面的大人物有紧急事务，需立即回到伦敦，希望得到他的谅解。

会面被临时取消，可阿兰·图威斯特并不恼火，事实上，他甚至稍稍松了一口气。听说这位大人物想请他破解的案件非常棘手，并且毫无乐趣可言。不仅如此，他还必须为此保密，甚至不能从中获得八卦的乐趣。

阿兰·图威斯特想趁机去探望一位旧识，早前他就已经答应要去看望她了。半个小时后，他坐上了开往法尔茅斯的公共汽车。到达法尔茅斯后，又叫了辆出租车来到莫顿伯里。快到傍晚的时候，他叩响了克兰斯顿庄园的大门。

一个戴着厚厚的眼镜、身材有些圆润的女佣来给他开了门。女佣接过他的名片，消失了一会儿，几分钟后便回来邀请图威斯特进去。

距离"断梳事件"已经过去了三年，但庄园还是老样子。宽敞的客厅里笼罩着沉重和寂静，透出一股清冷的氛围。窗前依然是暗淡的蓝紫色窗帘，夕阳似乎想要温暖气氛，便把窗帘染成了深紫色，老旧的木饰板也被染成了金色。自从庄园主过世后，墙上的书架似乎也变得郁郁寡欢，显得毫无生气。那盏小锡灯的旁边，"泰坦尼克"号仍然屹立在壁炉架上。

阿兰·图威斯特在一张扶手椅上坐下，独自等候女主人的到来。马勒森夫人在几年之内似乎老了许多。她身着一套黑色塔夫绸家居服，像是仍在服丧中，梳紧的发髻使她的脸平添了一丝庄重。图威斯特觉得，她的妆容有点过于浓艳了。马勒森夫人清了清嗓子，表示对他的来访感到很高兴。图威斯特向她回礼，心想孤独并没有给她带来什么好处。她的微笑似乎是挤出来的，让人觉得冷淡而疏远。据他所知，女主人并未再婚，看来也确实如此。他心中暗念，她的前两任丈夫，也就是真正的杰森·马勒森和那个冒名顶替的骗子并未对她的生活产生很大的影响。

她在离图威斯特稍远的地方坐下，请求他原谅自己的嗓子有些沙哑，称自己前一天着了凉。

尾声

"这可真是个惊喜啊,"她怯怯地说道,"在莫顿伯里这样的地方能有访客可真是不常见。到底是什么风把您吹到这穷乡僻壤来了呢?"

"我只是路过,"图威斯特回答道,"一会儿就要回法尔茅斯了。马勒森夫人,很久以前我就想来看望您。您的妹妹英格丽德惨死之后,我就暗自许诺要来探望您,因为我有很多事情想和您谈谈。虽然不是什么令人愉快的事,但我认为,我有责任告诉您。"

坐在椅子上的莉迪·马勒森瞬间僵住,然后微微一笑:"不幸似乎总是如影随形,现在已经没有什么事可以伤害到我了。所以,图威斯特先生,您尽管说吧。"

图威斯特平静地向她讲述了英格丽德在两起谋杀案中所扮演的角色。

莉迪·马勒森一动不动,她默默地听着,黑色的身影投射在被阳光照亮的窗上。等图威斯特讲完,她说道:"您提出了非常严重的指控,不幸的是,她的自杀确实证实了您的推测……"

"马勒森夫人,等我详细解释完她的行为和行动细节之后,您应该就不会再有任何疑问了。请您告诉我,在结束生命之前,她曾来找过您吗?"

莉迪·马勒森思考片刻后才回答:"是的,她来过一次。那是在杰森去世两周后……"

她沉默了一会儿,仿佛陷入了沉思,然后又补充道:"我可以问一下，您为什么这样问吗？"

"我离开之前曾建议她来看看您。您还记得她跟您说过什么吗？"

"我不记得了。我想就是一些家常话吧……"

"从那之后您再也没有见过她吗？"

"没有在家里见过，不过，在村子里当然见过她。那天，我发现她……怎么说呢？看起来有点疲倦，神情阴郁，比平时更沉默寡言……"

图威斯特缓缓地点了点头："她自杀了……"

"肯定是因为她犯下了两起谋杀罪，良心上受到了谴责。"莉迪·马勒森叹了口气，"可怜的英格丽德……不管她做了什么……请告诉我，她为什么要杀害他们？是因为对克兰斯顿家族的怨恨吗？她又是如何做到的？"

"我先回答第二个问题吧，因为这似乎更容易解释。但在做出解释之前，马勒森夫人，我需要回顾一些可能令您感到不快的事情。然而，这是必要的，因为它们几乎构成了整个案件的基础，尤其是关于……"

莉迪·马勒森沉默良久，然后用嘶哑的声音回答道："这么说，您也知道这件事……"

"我猜到了，而且我必须承认，这是很容易就能猜到的事。显然，您年轻的表弟对您抱有爱慕之情，并因此感到深深的内疚。由于他极其敏感的天性，使这份情感变得更加浓烈。我猜，这段感情在战争时期得到了进一步发展，当时你们两个孤零零地住在这座大宅里，虽然埃德加非常年轻，但他已不再是个孩子。实际上，他只比您小两岁。而您刚刚成婚，比他更成熟。一开始，您扮演了母亲或者姐姐一样的保护者的角色，但慢慢地，事情开始越过了界限……"

马勒森夫人一言不发。图威斯特坐在背光的方向，无法看清她的表情，但她的沉默已经说明了一切。

"战争结束后，您的丈夫回来了。先是冒名顶替的那位，然后是真正的杰森……但请放心，我不会再深入探讨这件事，不会让您感到难堪。对埃德加来说，这是个可怕的打击，因为他的幸福从此终结了。您知道，如果完全断绝您和埃德加之间的关系，那对他来说将是不可承受之重，所以您偶尔会与他秘密约会。

"对您来说，这是出于怜悯，或是您觉得自己有义务保护一个极度脆弱的人；但对他来说则完全不是这么回事。他将您视为一切，您就是他生活的意义，您是美丽的化身——就像他在那些细腻的诗歌里写的那样。我在他的遗物中找到了这些诗句，只需稍加品味字里行间的意思就能明白一切。而且，他说过的一些话也清楚地表达了这一点。我还记得有一天，他郁郁寡欢地向我提起灰暗生活中的黎明曙光，还有'带来希望的仙女'，而那位仙女，当然就是您，那些难得与您相聚的快乐时光，是他能够继续忍受这种痛苦生活的精神支柱。这种复杂关系让他对您的丈夫抱有深深的内疚，内疚感令他备受折磨。

"现在让我们来谈谈最重要的部分吧。首先是阁楼上的脚步声以及粉色房间之谜。在弄清楚您和埃德加之间的秘密关系后，这些困扰着杰森的谜团已经迎刃而解——那间所谓的被神秘力量打扫干净的粉色房间，据说已经被封闭多年，显然，这就是你们幽会的场所。你们总在夜间幽会，对杰森·马勒森这样睡眠浅的人来说，肯定不会毫无察觉。您在夜里前往阁楼时，他曾多次听到您的脚步声。尽管您走动的时候已经分外小心，但杰森饱受良心折磨的思绪使他对这些脚步声做出了过度解读，在他的想象中，这些声音听起来似乎更加沉重，也更有规律了。无论如何，那些脚步声肯定加重了他的焦虑：因为就算他从噩梦中醒来，也似乎仍然能听到脚步声！这些声音不仅存在于他的梦中，而且严重扰乱了他的神经系统。

"当然，他也试图去抓住在阁楼游荡的'幽灵'。有一天晚上，他成功地抓住了您，更准确地说，是差一点就抓住了您。您是怎么应对的呢？您赶紧来到他面前，惊慌地告诉他，您也听到了那奇怪的脚步声——因为害怕被杰森识破真相，您当时确实很惊慌——接着，您又说埃德加也听见了。这个解释非常巧妙且非常具有信服力，它很好地解释了你们两人穿着睡衣出现在阁楼中的原因。我就不详细说明你们当时在走廊里各自的站位了。你们为了'逮住'这个幽灵临时想出来的安排，在我看来有些过于周密和巧妙，很难让人相信是在短时间内制定出来的。

"事实上，当我清楚你们身处粉色房间的原因后，整个谜团

尾声

就此解开了。比如这个房间的钥匙之谜：您把钥匙带在了身上。当时，您和埃德加听到楼梯上传来脚步声时，就匆忙离开了粉色房间，然后把门锁上了。然而，您可能忘记关掉那盏小台灯了，所以光线从门底透了出来，变成了一种神秘的存在——尤其是在那个房间已经被封闭很久了的情况下。当您假装下楼去拿钥匙的时候，您肯定想到了一些掩饰的办法，比如进去之后悄悄打开房间的窗户，造成有神秘生物从窗户逃跑的假象，也就是所谓的'一位仙女把房间打扫干净了'……

"此后您一直不遗余力地把这件事往灵异现象上去引导，想尽可能地隐藏您的秘密。至于房间里诡异的氛围，正如杰森·马勒森所描述的那样，有种'私密而安宁的异域风情'，不得不说，他的直觉非常准确……"

莉迪·马勒森麻木地拨弄着裙子，似乎想要开口，最终又改变了主意。

"我记得，我们第一次进行场景还原时，您的表弟表现得格外焦躁。这也不难理解，因为他无法忍受这种骗人的把戏。最后，他甚至故意把围巾扔出窗外，以便尽快离开那个地方。我记得我还向您提起过，他的举动有些突兀——我已经全部解释清楚了吗？噢，不，我还忘了解释你们的约会信号……"

图威斯特缓缓转身看向帆船模型和壁炉上的灯，然后补充道："毫无疑问，'泰坦尼克'号和这盏灯在这个事件中扮演了重要角色。当埃德加想去粉色房间见您时，我猜他会简单地把灯靠近模型……那就是他的信号,像个迷失的孩子正在求救一般,是吗?"

马勒森夫人微微点头表示同意。

"您的丈夫对这艘'泰坦尼克'号的古怪移动感到十分恼怒,这不仅是因为沉船事故,还有其他的特殊原因,但当时的您并不知道这一点。——现在我们来谈谈第二起谋杀案,也就是您丈夫的被害。关于这起谋杀,我并不知道凶手的具体行动细节。凶手应该猜到了杰森·马勒森内心的痛苦,并且对您与埃德加的关系也了如指掌。我猜,她应该经常会来这里,站在窗户后面窥视你们。她甚至多次在夜晚潜入庄园,像个无声的黑影,满怀嫉妒地在这里度过了好几个晚上,她看到了庄园的人们生活在一个和自己完全不同的世界中。此外,杰森的一些话也让我想到了这一点。他曾在阁楼隐约看到过一个人影,当时的他误以为是'幽灵',其实很有可能是正在监视你们的英格丽德。

"受到'海妖的诅咒'之后,杰森·马勒森就像变了个人。英格丽德十分清楚杰森如此痛苦的原因,他是在为'阿尔戈'号的海难而自责,而英格丽德只需等待时机来对他进行精神上的打击就足够了。我不知道她是扮成士兵还是海妖来吓唬他,但她肯定这样做了。她可能扮成各种各样的形象出现过,不断动摇杰森的理智,在心理上攻击他。最后,在悬崖边的转弯路上,她又突然出现了,并且她出现的地方与跟踪杰森的警察有一段距离,所以没有被发现。但她还是成功地接近了杰森·马勒森,吓得他宁

尾声

愿跳入深渊……

"我个人认为，英格丽德应该是扮成了海妖，她把自己打扮成一位面容扭曲、手持断梳的女人。等杰森从悬崖边上摔下去之后，她就把梳子也扔了下去。而在这之前，她也使用过同样的方式恐吓了埃德加和杰森：在夜幕降临的时候，她躲在客栈附近的灌木丛中，采取了巧妙而简单的办法，让他俩成了全场唯一听不到尖叫声的人——她突然出现在受害者面前，选择一个合适的角度扭曲面部做出鬼脸，佯装正在发出可怕的尖叫，然后就等着受害者惊恐地逃离，失魂落魄地返回庄园；之后，她才在客栈的玻璃窗后面，面朝大海发出令人心碎的尖叫声，因此声音十分模糊，难以被定位。这不过是个简单的伎俩……

"在这两起案件中，她的行事方式完全一致。在第一起案件发生后，我对其中的时间线索感到有些困惑。根据证人的说法，埃德加在尖叫声响起后不久就回到了庄园。如果跑得够快，确实可以在不到五分钟的时间内跑完这段路程，这并非不可能；但要在这么短的时间内跑到客厅，时间似乎非常紧迫。但更重要的是，我的警官朋友说的一些话让我找到了线索。当天晚上，他从法尔茅斯回来时，在客栈附近听到了尖叫声，而在这之前他曾听到一阵匆忙的脚步声，这自然是埃德加的脚步声，是被海妖吓坏了的、急忙逃离现场的埃德加的脚步声。但这样一来，埃德加便是在尖叫声响起之前逃走的，这显然不合逻辑。

"我们再来看看第一起谋杀案。这是一起精心谋划的案件，远比第二起复杂得多。根据凶手的计划，她应该是想同时除掉埃德加和杰森两个人。不幸的是，事情并没有按她预想的方式发生。不得不说，从技术层面来看，她的计划非常巧妙大胆，但其中出现了一些不可预测的因素。

"我们先从折断的梳子开始说起吧。我们在粉色房间里找到的这把乌木梳子，原本并不在她的计划中。那是英格丽德自己在用力梳理头发时碰巧折断的梳子……您还记得吗？那晚我们在房间里发现您晕了过去，并且您似乎对自己身处粉色房间感到非常惊讶，是吗？"

莉迪·马勒森微微点头表示同意。

"您当时头很疼，"图威斯特继续说道，"什么都想不起来了。但是根据您当时的轻薄穿着，您肯定猜到自己是来这里与埃德加幽会的；或者您有可能是梦游到这里找他，但您自己却没有意识到。无论如何，您无法公开解释自己身处粉色房间的原因，只能找出一个含糊其词的借口，当然您也确实这么做了。您当时所言并不令我信服，但考虑到当时的事态，我们并没有太在意。

"实际上，是凶手在您睡觉时把您打晕了，然后把您扛到粉色房间，藏在了床底下。这样，当您清醒过来时就会百口莫辩，无法解释自己出现在那里的原因。与此同时，英格丽德也做好了准备。她穿上与您相同的睡衣，并努力扮成您的模样——这对她来说并非难事，因为你们长得十分相似。在粉色房间里，放在床头柜上的那盏台灯光线十分微弱，她可以毫不费力地骗过您的情人。在这种情况下,意乱情迷的埃德加根本无法分辨,我甚至认为,比起在光天化日下,这样的把戏更容易成功……

"然而,有一个细节可能会暴露她,那就是她的头发。她的头发与您一样又黑又长,但却是一头鬈发!如何解决这个问题呢?她首先想到的是把头发紧紧地梳成一个发髻——就像您今天的发型一样,这很有可能就是她当时的选择。她忙着把您从卧室搬到粉色房间的床底下,已经累得气喘吁吁;紧接着她便开始为迎接情人做准备,更准确地说,是您的情人。她匆匆开始梳理头发,动作如此鲁莽以致不小心折断了梳子,其中的半截掉到了壁板后面,怎么也找不到,更何况她也没有时间去找了。这是个十分恼人的意外,但所幸并无大碍,她还是设法梳完了发髻。

"现在,她只需静静等待埃德加的到来。她是怎么通知他的呢?是故意挑了他移动台灯的日子,还是给他写了一张纸条并约定了幽会的时间呢?我更倾向于后一种假设,不仅如此,我认为她也用了同样的办法把杰森引诱到了这个房间。她给杰森·马勒森写了一封匿名信,要求他在特定的时间赶到粉色房间。您马上就会明白了,马勒森也将对这件事缄口不言。

"凶手的计划已经很清晰:邀请马勒森去粉色房间,并让他意外撞破奸情。我记得当时庄园主已经对诗人无止境的胡思乱想和懒散行为颇为不满,所以不难猜想,当他发现家里的'寄生虫'躺在妻子的怀抱里时,将变得多么怒不可遏……

"凶手已经设定好了计划的每一个细节。当私会的两人听到楼梯上传来的脚步声时，埃德加只能匆匆穿上睡衣——我们在塔下发现他的尸体时，他的外套依然没有扣好，可见确实匆忙至极。但这一次，杰森是跑过来的。英格丽德赶紧告诉惊慌失措的埃德加，如果有危险，他必须躲到塔楼的最顶层，因为杰森对这座塔楼抱有迷信一般的恐惧，不敢跟到那里去。

"几秒钟后，杰森冲了进来。假冒的马勒森夫人保护着自己的情人，恳求怒气冲天的'丈夫'不要动手。她拉住杰森，实际上更加激起了杰森的妒火，同时也给埃德加争取了逃脱的时间。然后，她又假装被粗暴的'丈夫'推倒并撞在了床柱上。杰森注意到了这件事，但由于太过愤怒，情急之下他决定先去追捕那个最卑鄙的背叛者！

"按照凶手的预测，理论上两个男人本应在塔楼顶上互相厮杀，更准确地说，是在塔楼的平台边缘打斗时失去平衡，从而坠落。海妖的诅咒将再度上演，从此，海妖的手下又多了两条冤魂，这只不祥之鸟的威风也将只增不减。不出意外的话，马勒森应该能够击败埃德加，并不一定会被拉下去；万一埃德加没有听从建议，没有跑上塔楼，杰森也有可能在其他地方把他干掉。但无论如何，杰森·马勒森应该会占上风，至少会对这个背叛者进行严厉的教训——毕竟他可比埃德加强壮得多。即使杰森只选择把埃德加打晕，凶手仍然有机会用随手找到的大石头对埃德加进行致命一击。因此，我们几乎可以肯定，遭到海妖诅咒的埃德加一定会死……可事情并没有按照计划进行。

尾声

"埃德加确实藏身在那座古老的塔楼里,但他本能地把门上的插销插上了,马勒森被挡在了门外。他愤怒地用拳头敲着门,暴躁地怒吼,而这并不在凶手的计划中。就这样,杰森弄出了很大动静,埃德加也在大声呼救,他们的呼喊最终惊扰到了其他人。卢卡斯在这个时候赶了过来,我和杰瑞米·贝尔也在稍后赶到,但我们都没有意识到当时正在发生什么。

"跟卢卡斯一样,我们都对这个场景产生了严重的误解。埃德加在塔顶呼救,绝望地寻求帮助,而盛怒下的马勒森在下面暴躁地呼喊他下来开门——真是天大的误解!我们以为他想帮助埃德加,而实际上他只是想杀他!

"现在让我们回到凶手这边。粉色房间的窗户很接近塔顶,英格丽德在房间里可以拥有完整的视野,因此她能够确认她的计划失败了。随着其他人的到来,埃德加已经逃过杰森的魔爪。这时她想到了一个绝妙的办法!毫无疑问,这简直像是魔鬼亲自吹进她脑子里的想法,靠着这个明晰简单的办法,她迅速扭转了局势……

"她深吸一口气,竭尽全力发出了最响亮、最可怕的叫声,而这声音之所以可怕,全在于它的巨大声量。在愤怒和意志力的驱使下,她发出了最具决心的叫声,那可爱温柔的面容也变成了可怕的海妖。跟在客栈里听到的声音不同,这叫声既不像是在抱怨,也不像是阴森的号叫,而是尖锐而骇人的声音,是真正可怕的武器。埃德加在塔顶绝望地舞动着双手,听到这声尖叫时就像被雷击中了一样，因为当时在场的我们也是同样的感受。但与我们不同的是，他身处塔楼危险的边缘，听到叫声之后感到十分困惑，他本以为危险来自下面，而实际上叫声是从侧面直接传到他耳朵里的，而且距离非常之近。他突然惊起，踩了一个空……最终摔到了塔底。

"显然，凶手占尽了天时地利，埃德加所在的相对位置，对于声音的传播效果至关重要。那一刻，埃德加几乎像被从窗口射出的长矛猛力击中一样，失去了理智。

"聚集在塔楼下的人们都感到十分震惊，或许也包括马勒森在内。无论如何，他很快就会意识到情况对他有利，所有人都误解了他愤怒砸门的目的。之后他便借机利用了海妖这张牌，声称自己看到有个身影在追赶埃德加。与此同时，英格丽德把昏迷中的您再从床下拖出来，摆成被马勒森推到床柱上后晕倒的姿势，然后就离开了。

"那时候的我们注意到了灯光，走进了房间。马勒森早就知道会在房间里发现什么。在我们帮助您恢复意识的时候，他应该非常担心您的反应，但最终又安下心来，因为他认为您会对你们之间的争执保持沉默。当然，您确实也这么做了，否则就相当于公开承认了您和埃德加之间的奸情。

"当您艰难地清醒过来后，声称自己是撞在床柱上受了伤，还说自己做了一个噩梦。杰森立即附和了您，甚至找到了一块木片来印证您的话。那块木片可能是英格丽德伴装被推倒时撞下来的，也有可能是为了增加这件事的可信度，她故意从床柱上扯下来的。从某种角度来看，当时的场面十分混乱。您在睡觉时被打晕，对发生的所有事情一无所知，也不知道英格丽德假扮您与杰森发生了争吵，但您应该意识到了，丈夫已经知道了您与表弟的这段私情。而且埃德加已死，从这个层面上来说，马勒森不会愿意再回想那段在粉色房间里撞见的伤心事。即使他这样做了，您也别无选择，只能相信他的亲眼所见。您和您的丈夫都在心里互相指责，同时又在自责，内心十分混乱。你们都渴望忘记这些不好的回忆，为这件事画上一个句号，于是你们都选择了沉默。

"这也在凶手的设想之内。她知道当您在房间里醒过来时，您的不忠行为将促使您保持沉默。如果两个情敌在无人目击的情况下互相残杀而死，您只会对自己在房间里晕倒这件事感到蹊跷；但如果埃德加是唯一的受害者，情况就会像现在这样，您和您的丈夫默契地保持沉默，最多只是偶尔说一些含沙射影的话。我想事情已经足够清晰，不用我多说了，这一切都是凶手的精心策划。"

莉迪·马勒森沉默良久，然后评论道："这太让人难以置信了。"

"然而，这就是事实。您应该是最容易接受这个事实的，毕竟您被人莫名其妙地打晕过去，也许一直都没有弄明白为何会被打晕，也不知道为何会身处粉色房间。又或许您那已故的丈夫在事后告诉了您悲剧发生的经过，至少告诉了您他所知道的部分……无论如何，您必须理解这是唯一可能的解释。我知道您一定会相信我……"

马勒森夫人嘶哑的声音听起来像是在责备："我并没有说我不相信您，只是事实实在叫人难以置信。既然您能解答所有问题，那您能告诉我，为什么在第一起命案中，英格丽德明明是无意中弄断了梳子；而在第二起案件中，却故意把断梳留在了杰森的尸体旁边？"

图威斯特看着女主人在金色夕阳中的剪影，露出了微笑："毫无疑问，在第二起案件里，她是有意把梳子留在那里的。这是她想出的一个绝妙策略，有其背后的巧思——由于第一把断梳的出现，让人们对她起了疑心，而第二把梳子的出现过于明目张胆，反而成了让她摆脱嫌疑的有力证据。"

"她做这一切到底是为何呢？"女主人冷冷问道，语气里带有一丝愠怒。

"啊！"图威斯特叹道，"动机问题！我们终于说到了关键点！在解释动机之前，我得先告诉您，就在我来莫顿伯里之前的那几周，是她在村子里悄悄散布了谣言，说您的丈夫是被冒名顶替的。实际上，她只是再次煽动了未曾熄灭的火苗。我想强调的是，没有任何事情是偶然的，相反，一切都是精心策划的。这是一次出色的心理铺垫，无疑会引起村子里混乱和怀疑的氛围，对她的行动计划尤其有利——不仅如此，除掉埃德加和杰森只是她计划中的一步……

尾声

"这件事还有另外一个疑点,是整个事件的核心所在。但在讨论这个疑点之前,我想请您先关注一些巧合,因为它们实在令人深思。马勒森夫人,请先告诉我,您是否像您已故的丈夫一样,相信魔鬼的存在?"

女主人犹豫了一下:"这里没有人不信。"

"很好。那么请听我说,故事要从您的诞生开始讲起……我相信您对这件事的内情应该有所了解吧?"

"图威斯特先生,您真是无所不知!是的,我知道!不久之前,卡明斯医生告诉了我。我的母亲在某个夜晚乔装打扮,去私会她所爱的帅气牧羊人!可那是犯罪吗,图威斯特先生?"

"不是。但从她的身份来看,这实在是让人惊讶,这种做法也不值得称道。您的祖父查尔斯爵士也曾沉溺于对寡妇玛莎的激情中,他们就像突然被魔鬼上了身,做出了疯狂的举动。查尔斯爵士曾对这个魔鬼公然发起挑战,但他付出了惨痛的代价。当天晚上,一个倾倒的衣柜暴露了他的不忠行为,破坏了他的家庭,最终导致他以极其诡谲的方式自杀身亡。

"我也不知道您的养父,也就是朱利安的那些朋友,到底是受到了什么恶魔的驱使,才搞出了这样的恶作剧,最终带来了致命的后果。

"我甚至不敢提您与您表弟的关系,你们竟然选择了粉色房间作为私会之地,尽管是出于谨慎,但实在是疯狂至极……这个房间承载了沉重的过往,一个又一个魔鬼般的场景在那里上演。

埃德加之死，又是一段以私情为背景的冒名顶替的故事：英格丽德伪装成您的样子，与您的情人抱在一起。

"而英格丽德，也就是您同父异母的妹妹，变成了杀人犯，而且还杀了两个人，她成了'魔鬼的未婚妻'……我相信，她自己也是这样认为的。

"更不用说在此之前，已经发生过两桩凶险邪恶的冒名顶替事件——骗子帕特里克·德根试图谋杀您的丈夫从而顶替他；而后者回来报仇雪恨，将自己也变成了杀人犯。您的丈夫第一次谋杀的是德根这个竞争对手，而第二次谋杀则是为了掩盖真相！那可真是一场大屠杀啊！整艘船上的人命都被搭了进去！我曾经与您的丈夫有过接触，但至今无法理解他如何能犯下如此可憎的罪行！他一定是受到了魔鬼撒旦的指引！"

女主人的脸色变得严肃起来："图威斯特先生，您到底想说什么？"

"马勒森夫人，最后一个疑点，也与我直接相关。我对某人感到非常痛心，非常失望，也对自己的行为感到失望。"

"您喜欢英格丽德，是吗？"

"是的。坦率地说，尽管她欺骗了我，但我对她的感情从未消失。"

马勒森夫人紧张地笑了一下："她如何骗了您？"

"她在企图自杀的事情上欺骗了我。早前我去看她时，她曾向我展示手腕上的绷带。她还去卡明斯医生那里接受过治疗，看起来非常像是自杀未遂导致的伤口,但这些都是她的故意为之。她也曾告诉我,她跟她的羊群过得非常幸福,当时她望着天空,看起来就像一个将死之人。早在那时,她就在所有人眼中制造出了一个有着严重自杀倾向的形象……"

"但她最终确实是自杀了!"

"没有比这更令人生疑的事了……"

马勒森夫人在椅子上僵住了:"我真的不太明白您在说什么……"

"那个热爱大自然、不关心世事的牧羊女形象是个天大的谎言,我天真地上了她的当。英格丽德疯狂地嫉妒自己同父异母的姐姐,她只有一个夙愿,就是有一天能取代姐姐的位置!但这个案件中最隐晦、最可怕的疑点,马勒森夫人,就是关于身份的问题。我不是指您的丈夫和骗子的身份问题,而是您与您同父异母的妹妹之间的身份问题。因为没有人——绝对没有人,能够准确地辨认出谁是谁!您既可以是海拉·尼尔森的女儿,也可以是玛丽·克兰斯顿的女儿。您和英格丽德巧合地出生在同一天……这真是天命!"

马勒森夫人沉默了片刻,她问道:"这很重要吗?"

"我认为,'是或不是'英格丽德非常重要,甚至可以说是整个案件的关键……"

此刻,女主人的身影映在橙色的落日余晖上,宛如一尊黑色的雕像。

"天就要黑了。"阿兰·图威斯特站起身说道,"我得走了,否则就要错过去普利茅斯的火车了。永别了,马勒森夫人,请好好照顾您的嗓子……"

"永别?"女主人双手抚摩着自己的喉咙,颤声说道,"您……您不会再回来了吗?"

她向阿兰·图威斯特俯过身去,声音似乎都变了。

她结结巴巴地说:"也许……也许……"

"不会了,夫人。虽然我很愿意回来,但我现在必须要走了。我要设法去弥补自己对正义欠下的债务,可能这一辈子都还不清了。"

"您的债务……?"

"是的,让危险的凶手逍遥法外,是我对正义欠下的债务。我怀疑那时的自己是被撒旦炽热的手擒住了心脏……今天可能也是一样。永别了,夫人。"

读客®
悬疑文库

认准读客读悬疑，本本都是大师级。

专注出版中、英、美、日、意、法等世界各国各流派的顶尖悬疑作品。

为读者精挑细选，只出版两种作品：
经过时间洗礼，经典中的经典；口碑爆表、有望成为经典的当代名作。

跟着读客悬疑文库，在大师级的悬疑作品中，
经历惊险反转的脑力激荡，一窥人性的善恶吧。

扫一扫，立即查看悬疑文库全书目，
收集下一本精彩悬疑！